CONTENTS

MITSU YUME

イラスト／愛染マナ

社長、それは忘れてください

生真面目秘書は秘密を抱く

プロローグ

　八時に出社した秋野涼花《あきのすずか》が最初に行うことは、執務室内に朝の光を取り込むことだ。いつものように電子パネルを操作してオートブラインドを開けると、広い室内はあっという間に自然光で満たされる。二十八階建てビルの最上階に差し込む朝日は、地上の光よりも強く眩《まぶ》しく感じられた。

　高い場所からコンクリートの絨毯《じゅうたん》を眺めた涼花は、はあ、と深い息を吐いた。

　この週末から何度になるかわからないほど、ため息と深呼吸を繰り返している。新卒で入社して六年目、社長秘書に配属されてから四年目ともなれば、大きなミスはしなくなってきた。だからこのため息も、仕事のミスが理由ではない。

　息を深く吐き切ると同時に、執務室の入り口からドアロックの解除音が鳴った。

　その瞬間、つい身体が強張ってしまう。

　電子音の直後に入ってきたのは、グラン・ルーナ社の社長第一秘書で先輩でもある藤川《ふじかわ》旭《あさひ》だった。

「おはよう、涼花。今日も早いね」

出社してきた旭の姿にホッと息をつくと、いつもの挨拶に応える。

「おはようございます、藤川さん」

「今日のスケジュール、チェック入れた？」

「まだです。私も今来たところで……あ、コーヒー淹《い》れますね」

涼花の提案に顎を引いた旭は、向かい合って配置されたPCのスイッチを順番に入れていく。涼花は執務室の入り口近くにある対面式の小さなキッチンに立つと、コーヒーメーカーにフィルターと粉をセットする。

飲み物の準備をしていると、再びドアロックの解除音が聞こえた。その音を聞いた涼花は、今度こそ本当に息をすることさえ忘れて全身が硬直してしまう。

ほどなくして入ってきた人物は室内にいた二人の姿を見て、

「おはよう。二人とも早いな」

と軽快な様子で声を掛けてきた。

「おはようございます、社長」

「……おはようございます」

二人が朝の挨拶をすると、社長である一ノ宮《いちのみや》龍悟《りゅうご》がチラリとこちらを見た。彼は涼花がコーヒーの準備をしていることを確認すると、いつものように低くてよく通る声で名前を呼ぶ。

「秋野、俺にもコーヒー」

「……はい」

自分の勤める会社の社長であり、直属の上司である龍悟の顔をまともに見ることが出来ず、涼花は俯《うつむ》いたまま返答した。龍悟はその様子には目もくれず、自分のデスクの傍でジャケットを脱ぐと旭に向かって軽口を叩《たた》く。

「お前ら、いつも早いよなぁ。もう少しゆっくり来てくれればいいのに」

「どこの世界に社長より遅く出勤する秘書がいるんですか。社長こそ、もう少しゆっくり来てくださいよ」

「やだね。これ以上遅く来ると渋滞にハマるから、俺はこの時間でいーんだよ」

「じゃあ俺たちの出勤時間も変わらないですね」

唇を尖らせる旭の様子に、龍悟が声を立てて笑う。

涼花は普段から、龍悟や旭と必要以上に雑談を交わすことはなかった。聞いている分には楽しいが、頭の回転が早い二人の会話のスピードについていけずあちらこちらに転がる話題を追うことに疲弊する。最初こそそんな冗談にも応じていたが、なにも言わなくても二人が気にしていないと気付いてからは、無理して雑談に入らなくなった。

だから今日この会話に加わらないことも、二人は特別不思議には思わないはずだ。

龍悟のデスクに彼が愛用している群青色のマグカップを置くと、今度は旭のデスクにエメラルドのマグカップを置く。

龍悟は涼花のそんな動作をじっと見つめていた。涼花も龍悟に向けられる視線には気付

いていた。気付いていたが、なにも言えなかった。今、自分がどんな顔をしているのかは想像がつく。

自分のデスクに桜色のマグカップを置くと、トレーを戻すためにキッチンへ足を向ける。しかし後ろへ下がろうとした涼花の動きは、伸びてきた龍悟の手に腕を摑《つか》まれたことで妨げられた。思わず声が出そうになるが、小さな驚きは龍悟の低い声にかき消される。

「ちゃんと覚えているぞ」

ほんの一瞬。たった一言だけそう言って、あとは何事もなかったかのように再び椅子に腰を落ち着ける。

涼花は龍悟の突然の行動に腰が抜けそうになった。だがヒールが割れるのではないかと思うほど足の裏に力を入れて、その場に崩れ落ちないようどうにか踏ん張る。

コーヒーに口をつけながら手早くメールを確認する旭は、涼花の様子には気付いていない。気を張ったままキッチンに戻ると、二人に気付かれないよう再び深呼吸を繰り返す。

（覚えて、いる……？）

龍悟の言葉に感じた、にわかに信じがたい気持ちを抑えて。

第一章

グラン・ルーナ社の代表取締役社長、一ノ宮龍悟は、非の打ち所がない人物だった。総務課に配属された新卒の頃の涼花は、彼がこんなにも出来すぎた人間だとは想像もしていなかった。

ルーナグループは農水産物の生産や加工、食品の製造・販売、飲食店およびホテル内レストランの経営、輸入食品の販売や自社製品の輸出など、飲食業界に幅広く参入し、そのいずれの年商も黒字決算を更新し続ける巨大な企業グループだ。

現ルーナグループ名誉会長の孫である一ノ宮龍悟は、経営戦略を実戦で学んでマネジメント能力を磨くため、大学卒業後すぐに一族が経営する会社へ入社した。そこから系列である四つの会社に二年ずつ所属し、現在は飲食店やホテルレストランの経営を主とした『グラン・ルーナ社』の社長のポストに就いている。

華々しい経歴を際立たせているのは、完璧な容姿と人柄だ。彼は一八七センチの高身長と均整の取れた体軀《たいく》にも関わらず、立つ姿にも座る姿にも優雅な風格が漂う。切れ長な目元と精悍《せいかん》な顔立ちは一見冷たい印象を与えるが、性格は明るく温和で相手の心情を酌み取る感覚にも長けている。その品格と才気に溢《あふ》れる立ち振る舞いは、社内外や男女を問わずすぐに相手を魅了してしまうのだ。

社長である龍悟は常に膨大な量の業務を抱えているが、それを感じさせないほど彼の仕事は早くて丁寧だ。中でも記憶力と情報処理能力が卓越しており、一度見た名刺に記された情報は名前や肩書だけではなく住所や電話番号まで正確に記憶している。

「なんかもう、妖怪みたいでしょ？」

チーズがとろりと溶けた熱々のピザをスパークリングワインで流し込んだ涼花が、ため息交じりに呟《つぶや》く。涼花の隣で同じ飲み物を口にしているのは、高校からの親友で現在はネイルサロンの経営をしている滝口《たきぐち》エリカだ。

「で、涼花はその妖怪に選ばれたってわけね」

楽しそうに笑うエリカの言葉に、唇を尖《とが》らせる。

龍悟ほどではないが、涼花も記憶力には自信がある。名刺の件でいえば、名前と社名と肩書ならば、今まで名刺交換した人の分は全て記憶している。さすがに住所や電話番号までは覚えていないが、並より記憶力に優れているのは事実だった。

「選ばれたっていうか、たまたま異動先が社長秘書だっただけだよ」

「いや〜、普通に仕事してるだけでいきなり社長の秘書にはならないでしょ〜」

「あと、お酒に酔わないから」

「それなー」

エリカがピザのチーズをのばしながらピッと人差し指を向けて
「いいなぁ。二日酔いとか、なったことないんでしょ。アレほんと辛いんだから」

と呟くので、涼花は少し呆《あき》れてしまう。

「そんなになるまで飲まなきゃいいじゃない」

「飲まなきゃやってられない日もあるのよ」

人生を悟ったようなエリカの横顔に、涼花は『そっかぁ』と呟いた。

そうかもしれない。まだ二十七年しか生きていないけれど、飲まなきゃ、酔わなきゃ、やっていられない日もあるのだろう。

けれど残念なことに、涼花はどれだけ酒を飲んでも全く酔わない体質に生まれついた。極限まで飲むとどうなるのだろうかと試したこともあるが、単に手洗いに行く回数が増えるだけで酔うことは出来なかった。もちろん二日酔いの経験もない。

涼花が龍悟の第二秘書に選ばれた理由は、この酒に強い体質も関係していた。

社長秘書であれば当然接待や会食で飲酒の機会もある。だがその度にいちいち酔っぱらってしまうようでは、仕事に影響があるばかりか社長の龍悟や第一秘書の旭にも迷惑をかける可能性もある。

数年前、前任の社長秘書が寿退社する少し前に、全社員を対象とした各部署長との個別面談が行われた。その際、業務成績や勤務態度以外にアルコールに強いかどうかも確認された。当時新しい第二秘書を秘書課だけではなく全社員を対象に選出する話は内密に行われていたため、涼花も後になってからそれが新秘書を選ぶための面談であることを知った。

「もう一人の秘書さんって、お酒強いの？」

「藤川さん？　うーん、どうかな……。泥酔してる姿は見たことないけど」

「じゃあ社長は？」

「社長は後からくるタイプ。沢山飲むと次の日ちょっと機嫌悪くなるかなぁ」

「なるほど、お酒に弱い妖怪なのね」

そう言って二人で笑い合う。

明るくてストレートな感情表現をするエリカは、昔から涼花の心強い味方だった。彼女とは楽しい時間も嬉《うれ》しい出来事も、いつも共有してきた。辛い日も、悲しいときも、元気をもらえる気がする。

そう、辛くて悲しい思い出も……。

「それで？　今日はなんかあったの？」

「ふっふっふ……よくぞ聞いてくれました！」

思考を振り払って首を傾げると、エリカが待っていましたと言わんばかりに胸を張る。指についたピザの打ち粉をおしぼりで拭き取ると、彼女はいそいそとハンドバッグを探り始めた。そして取り出したスマートフォンの画面上で何度かタップとスライドを繰り返すと、とある画像を涼花の目の前に押し付ける。

「え……なに？　パーティー？」

「そう！　出会いの場！」

戸惑いの声をあげると、エリカににこにこと笑顔を向けられる。

スマートフォンを拝借して画面をよく確認すると、そこには『カクテルナイトパーティー』と書かれた画像が映っていた。おしゃれな料理やお酒の写真の上にはカラフルな『出会い』の文字が躍っている。日時は次の金曜の夜。場所は都内のホテルの最上階にあるバーを貸し切って行われるようだ。

「エリカ。私しばらく恋愛は……」

「涼花ねぇ……そう言って、もう何年になると思ってるの？」

スマートフォンを返しながら答えると、エリカが頬を膨らませて顔を覗《のぞ》き込んできた。

「恋愛の傷は、恋愛じゃなきゃ癒せないって言うでしょ」

「う、ん……そうなんだけど……」

だから行こう！　と誘うエリカの声に唸《うな》り声が重なる。

涼花はエリカの過去の恋愛遍歴を全て知っている。もちろんエリカも涼花の過去の恋愛を知り尽くしている。涼花が心に負った、簡単には癒えない傷のことも。

（恋愛か……）

誰にも話したことのない、秘めたる想い――涼花は自社の社長で自らの上司である龍悟のことを、もう三年も慕い続けていた。その期間は涼花が彼の秘書になってからの年数にほぼ等しい。

社長秘書に配属された当初の涼花は、取り扱う情報の量と特質さに悪戦苦闘し、なにをやっても上手くいかなかった。与えられた仕事を全うしようと思っても、躍起になればなるほど些細《ささい》な失敗を重ねてしまった。

秘書として半人前以下だったそんな涼花を、龍悟はそっと慰めてくれた。『焦らなくてもいい』『出来ることから順番にやれ』といつも背中を押してくれた。そうして涼花は他の人々と同じように、龍悟の笑顔にただ魅了されて、気付けば彼のことばかり考えるようになっていた。

だが仕事中に恋慕の素振りを見せたことは一度もない。彼は言動や表情の変化から相手の情緒を簡単に読み取ることができる。もし涼花の気持ちが龍悟に知られてしまうと、仕事中に気まずいだけではなく旭にも迷惑がかかってしまう。下手をすると社長秘書から元の総務課の事務職に戻される可能性だってある。

だから涼花は自分の想いを必死に覆い隠した。一度でも口に出してしまうと全ての感情が溢れ出てしまう気がして、親友のエリカにさえ上司への想いを吐露したことはない。

「あれえ？　すずちゃんもエリちゃんも、恋人いないの？」

牡蠣《かき》のアヒージョを運んできた店長に、不思議そうに話しかけられる。

何度も通って顔見知りとなったバルの店長は、忙しくない時間はこうして世間話をしたり、人生相談に乗ってくれたりするのだ。

「そうなんですよ。店長、どこかにいい人落ちてないですかね？」

「エリちゃん。落ちてるような人は、いい人じゃないと思うぞ？」

「まあ、それはそうですけど」

「だからさ、落ちてる人から選ぶんじゃなくて、選んだ人を自分で落とすんだよ」

「簡単に言いますねー！」

　エリカと店長の会話にくすくすと笑う。陽気な二人の会話を聞いていると、沈みかけていた心がパッと明るくなるようだ。

　龍悟への想いを抜きにしても、涼花には恋愛できない理由があった。せっかくの金曜日を一緒に過ごす恋人なんて、もう何年もいない。心のどこかではそんな相手がいたら毎日がもっと楽しくなるだろうと思う。

　しかし辛い思い出と流した涙と吐き捨てられた言葉が、記憶の中にこびりついて離れない。なかなか一歩が、踏み出せない。だからエリカには申し訳ないが、きっと次の金曜日のイベントにも参加する勇気が持てないままだろう。

　店長とエリカの会話を楽しんでいると、新しい客が入店してきた。ふと入り口に視線を向けた瞬間、涼花は自分の意識とは関係なくその場にがばっと立ち上がっていた。

「社長……!?」

「ん？　秋野？」

「お、お疲れ様です……！」

　入店客の正体に気付き、オフになっていた仕事スイッチを無理やりオンにする。龍悟は涼花の姿を認めると目を丸くしたが、彼が言葉を発する前に店長が会話に割り込んで来た。

「龍、ごめん。借りた本まだ読めてねぇわ」

「はぁ？　本一冊読むのに何年かかってるんだ？」

「まだ二週間だろ。俺はお前と違って超人じゃないから、一冊五分じゃ読めねぇの」

「俺だってそんなに早くは読めねーよ。それにしても二週間はかかりすぎだろ」

突然始まった男性二人のやりとりに、涼花もエリカもぽかんと口を開けてしまう。飲食店の店長とただの客にしてはやけに親密そうな会話だ。

目の前のやりとりから二人が知り合いであることはすぐに察する。しかし何年もこの店に通っていて店も会社の近くにあるのに、涼花は二人の関係を今まで全く知らなかった。

涼花の視線に気が付くと、店長がにこりと笑顔を浮かべる。

「すずちゃん、エリちゃん。ごめんね、コイツうるさくて」

「うるさいのはお前だ。ってか、すずちゃんって……」

「二人はお知り合いなのですね」

やりとりを黙って見ていたエリカにも、目の前にいる人物が涼花の上司、一ノ宮龍悟であると理解できたらしい。もちろん酒に弱い妖怪呼ばわりしていたことなどは微塵《みじん》も感じさせず、エリカは龍悟に向き直ると丁寧に腰を折った。

「初めまして、滝口エリカと申します。涼花の友人で、ネイルサロンを経営しております」

「ああ、ご丁寧にありがとうございます。グラン・ルーナ社代表取締役の一ノ宮龍悟と申します」

二人ともプライベートの時間のはずなのに、しっかりと名刺交換を済ませている。業種や規模は異なるが、経営者同士、人脈形成に手抜かりはないようだ。

互いに挨拶を済ませると、今度は店長が二人の関係を説明してくれる。

龍悟と店長は同じ大学の経営学部卒で学生時代からの友人なのだそう。エリート御曹司の龍悟と異なり、卒業後の店長は定職には就かず世界を巡る旅をしていたらしい。だが地球上のあらゆる国の料理を食べ歩き、その経験を活かして現在は自分の店を持つまでになったのだ。涼花は店長の生き方も夢があって素敵だと思う。

「経営学が活かされてるのかはさっぱり不明だけどな」

「結構どんぶり勘定だからね、俺」

「そこで開き直るな」

店長の言葉に、エリカと顔を見合わせる。そういえば、彼はいつも飲食代の端数を切って二人で割り勘しやすいようサービスしてくれる。時には値引き額が一品分になることもあるので、今まで親切な店長だと思っていた。だが単に金銭感覚がゆるいだけなのかもしれない。

そんなことを考えながら顔を上げると、涼花を見下ろしていた龍悟と目が合った。その瞬間自分の心臓が跳ねたことを自覚したが、顔には出さないよう努める。

涼花の心の内に気付いていないであろう龍悟は、顎に触れながら感慨深そうに数度頷《うなず》いた。

「お前、意外と髪長いんだな。いつも後ろで結んでるから気付かなかった」

「え？　あ、申し訳ありません。だらしないですよね……！」

龍悟の言葉にはっとする。指摘の通り、仕事中の涼花はいつも背中まである髪を後頭部にまとめている。総務課にいた頃はヘアアレンジを楽しむ余地もあったが、彼の秘書となってからは相手に不衛生な印象を与えないよう常に注意を払っているため、髪を下ろすことはほとんどない。

髪をまとめるゴムやピンはメイクポーチの中にある。慌ててバッグを引き寄せると、龍悟が『いや』と声を漏らした。

「そういう意味じゃない。プライベートなんだから、そのままでいい」

龍悟の台詞にいたたまれない気持ちを覚えながらも、涼花はそっと手を引っ込めた。本当はそれでも結び直すべきだと思うが、龍悟はまた『気にしなくていい』と言うだろう。上司を相手に二度も同じことを言わせるほど、涼花の秘書としての経験は浅くなかった。

「邪魔して悪かったな。滝口さんも、お食事楽しんで」

「はい、ありがとうございます」

エリカがにこやかに会釈すると、龍悟は小さな笑顔を残して空いているカウンター席に腰を下ろした。どうやらまだ夕食を食べていないらしく、店長とふざけ合うようなやりとりをしながらいくつかのメニューを注文している。

「社長、イイ男だね」

「良い男にもほどがあるよ……」

どちらからともなく着席すると、腹から大きく息を吐く。

腰は落ち着けたが、気は抜けない。同じ店内に上司がいるにも関わらず緊張状態を解けるほど、涼花はオンとオフを上手に切り替えられない。社長が傍にいるのに完全にリラックスできる社員もそう多くはないと思うけれど。

「なるほどね。あんなに良い男と四六時中一緒にいたら、恋愛する気もなくなるか」

「別に四六時中じゃないけど……。それに上司は恋愛対象にならないでしょ？」

「え、そう？」

首を傾げるエリカに、もう一度『ならないよ？』と念押しする。だがエリカは納得していない様子だ。

考えてみれば経営者であるエリカには上司がいないので、その感覚がわからないのかもしれない。独立する前は別のネイルサロンに勤めていたこともあるが、職場は全て女性だったと聞いている。

「もう一人の秘書さんはどうなの？」

「藤川さんは、仕事はできるけど見た目は社長と正反対だよ。髪は染めてるし、ノリは軽いし、ほんとに社長秘書なのか不思議に思うぐらい。あと彼女いるって言ってた」

「なんだぁ、彼女いるのかぁ。残念だね？」

「えー、残念じゃないですー」

頬を膨らませると、エリカが楽しそうにつついてくる。その指から逃れようと身を引くと、エリカはさらに愉快そうに涼花の頬を追いかけてきた。

エリカの意識を龍悟から逸らすことに成功し、さらにイベントの話もすっかり忘れてくれている。涼花は内心ほっとしていたが、そのうちに元の話題を思い出したらしい。

エリカに来週の予定を確認され、涼花は再び答えに窮した。

＊　＊　＊

「お話し中、失礼します。店長、この辺りってタクシーすぐ捕まりますか？」

談笑しているところに割り込んでしまうことを申し訳ないとは思ったが、どのみち会計があるので声をかける必要がある。龍悟と店長に同時に視線を向けられ、涼花は自分のいた席を振り返った。視線の先ではエリカがテーブルに突っ伏して眠っている。

「あらら。エリちゃん、寝ちゃったんだね。タクシーなら通りに出ればすぐ捕まえられるけど、頼めば店の前まで来てくれるよ。呼ぼうか？」

「はい、お願いします」

店長の申し出をありがたく受けることにする。エリカは他人のことを酒に弱いと笑っていたが、実は本人もそこまで強くはない。悪酔いするわけではないが、許容量を超えると急激な睡魔に襲われていつでもどこでも眠ってしまうタイプだ。

会計を済ませると自分とエリカのバッグを持って、細い身体を揺すってみる。しかしエリカは『う〜ん』と声を出してうっすら瞼《まぶた》を開けても、またすぐに閉じてしまう。やはり歩いて帰宅できる状態ではなさそうだ。

「社長、お先に失礼します。ごちそうさまでした、店長」

「また来てね」

エリカの身体を抱えて店を出ると、到着していたタクシーにエリカ本人と彼女のバッグを放り込む。タクシーの運転手に多めの料金を渡し『声には反応するので、着いたら大声で起こしてください』『家の中には自分で入れますから』と告げる。

本当は家までちゃんと送ってあげたいが、エリカの家は意外と遠く、涼花の家とは反対方向だ。

「もう帰るのか？」

タクシーの発車を見届けてから時刻を確認していると、突然後ろから声を掛けられた。

びっくりして振り返ると、涼花の背後には不思議そうな顔をした龍悟が立っていた。

「社長。申し訳ございません、騒がしくて……」

「いや、大丈夫だ。お前たちより店長の方がよっぽどうるさいからな」

龍悟の笑顔から店長との仲の良さを窺《うかが》い知る。今日まで二人が知り合いだとは知らなかったし性格や雰囲気も全く異なるので、まさか友人同士だとは思ってもいなかった。

龍悟の意外な一面を見た気がして、涼花は少し特別な気分を味わう。

「これから一人酒か？」

「いえ、もう帰ります」

龍悟に問われて考えたが、結局すぐに帰宅を決める。

涼花にとって酒はただの飲料でしかない。飲酒は楽しいわけでも酔えるわけでもないので、人といるならともかく一人でお金を払ってまで飲む気持ちにはなれなかった。

「なら、送ってやる」

「えっ……だ、大丈夫ですよ。私の家ここから近いので」

「もう人通りも少ない時間だぞ。家が近いも遠いも関係ないだろう」

なにを思ったのか、龍悟が唐突に『涼花を自宅まで送る』と言い始めた。

涼花は焦って首を振る。彼の提案は部下を心配しての言葉だと思うが、そんなわけにはいかない。社長にそんなことはさせられない。

いつもの涼花であれば、龍悟に同じことを言わせないために自分の意見などすぐに引っ込めてしまう。だがプライベートでそこまでの配慮はしなくていいだろう。それにそこまで気を遣われる必要もない。

「本当に大丈夫ですよ。社長、お車はどうされたのです？」

「車？　俺の車なら会社に置いてきたぞ。今日は飲む予定だったからな」

「では、なおさら……」

「いいから。ほら、行くぞ」

当然のように部下の住所まで記憶している龍悟は、なにかを言うより早く涼花の自宅方向へ向けて歩き出してしまう。龍悟の中で、涼花を家まで送ることは決定してしまったようだ。きっとこれ以上はなにを言っても無駄なのだろう。

こんなことならタクシーを呼んでおけばよかった。しかし本当にすぐ近くなので、こんなことにならなければタクシーを呼ぼうという発想すらなかったと思う。今さら嘆いても仕方がないので、最寄りのコンビニ辺りまで送ってもらうことで納得してもらおうと諦める。

「秋野は次の週末、合コンなのか？」

「え、なんで知って……？　って、合コンではないですが！」

社内での移動と同じように龍悟の少し後ろを歩いていると、笑いながら他愛のない雑談を投げかけられた。そこまで大声で話していたつもりはなかったが、どうやらエリカとの会話内容が聞こえていたらしい。

「いいな、若くて」

「若くはないですよ。それに、たぶん行かないと思います」

「へえ？　なんでだ？」

涼花がぼそぼそと答えると、龍悟が首と肩を動かして振り返った。興味深げに、楽しそうに、そして含みのある笑い方に、涼花はまた心臓を引っかかれたような心地を覚える。

龍悟の笑顔はいつも涼花の心に熱をもたらす。けれど今日はいつもと少し違う。きっと過去の恋愛に触れるような会話をしたからだろう。涼花の中の開けたくない記憶の扉を、少しだけ開いてしまったから。

龍悟の笑った顔は、涼花が大学時代に初めて付き合った先輩の笑顔によく似ている。龍悟の笑顔は優雅で気品があるが、先輩の笑顔はあどけない少年のようだった。けれど普段は少し怖い印象を受ける整った顔が、笑うと柔らかく感じられるところはそっくりだ。

あのときは確かに、先輩のことが大好きだったのに……。

しばらく仕事に追われて忘れていた記憶が、脳の奥からチーズやチョコレートのように溶けて溢れてくる。ドロドロとしていて、ひどく甘くて、とても苦くて、少し塩辛い。胸につかえて吐き気を覚えるような、息苦しい記憶とそれに付きまとう感情。

「えっと……それは、プライベートということで……」

頭を振って一生懸命に思考を追い出す。けれど龍悟の顔は見られそうにない。顔を上げたら、涙を堪えているのを知られてしまう気がした。

俯《うつむ》いたまま答えを絞り出すと、龍悟がからからと笑う声が聞こえた。

「なるほど、これ以上聞けばセクハラになるな」

「ち、違います……その……」

「……秋野？　……どうした、顔真っ青だぞ⁉」

龍悟の焦った声を聞いて、涼花はようやくチーズとチョコレートの沼から現実に引っ張り上げられたような気がした。

視線を上げると心配そうに様子を確かめてくる龍悟の顔がある。だから無理にでも笑おうと思った。しかし呼吸が出来るようになると、今度は身体に力が入らなくなる。

そこでようやく、自分が呼吸すら忘れていたことに気が付いた。

「救急車呼ぶか？」

「いえ……大丈夫です……」

真っ青になって浅い呼吸をする姿を心配したのか、龍悟は歩道に設置されているベンチに涼花を座らせてくれた。そして涼花がじっと休んでいる間に、近くのコンビニからミネラルウォーターを買ってきてくれる。彼がコンビニで買い物をしている姿など一度も見たことがなかったので、涼花は申し訳ない気持ちを覚えた。

ほら、と促されて、手渡されたミネラルウォーターを口に含む。口の中が甘さと塩辛さの記憶で埋められていたところへ水分が入り込んできて、少し呼吸がしやすくなった。

ふとラベルを見ると、そのミネラルウォーターがルーナグループの製品であることに気が付いた。ごく自然に関連会社の製品を選んでいる。その事実に辿《たど》りつくと、なんだか急に笑いが込み上げてきた。彼が自分の会社や涼花を含む部下たちを大切にしてくれる人だと思い出すと、それだけで気持ちがふっと楽になったのだ。

「ふふっ」

「なんだ？　具合が悪くなったり、突然笑い出したり、変な奴だな」

「……申し訳ありません」

少し緊張がほどけて謝罪の言葉が出てきた涼花の様子に安堵《あんど》したらしい。龍悟は涼花の隣に腰を下ろすと、神妙な面持ちで顔を覗き込んできた。

「どうした？　なにかあったのか？」

「……」

「もちろん、言いたくないのなら言わなくていい」

やはり龍悟は他人の心情をいとも容易く察知する。そして寄り添うように励ましの言葉をくれる。その優しさに触れた涼花は、またいつもと同じ安心感を覚えた。

人の記憶は知識を重ねて経験を繰り返すことで、他の記憶と絡み合い、より複雑で高度な記憶へ変化していく。それらは脳の中に蓄積され、いつしか『思い出』に変化すると言われている。――いい思い出も、悪い思い出も。

「少し変なことを言いますけれど……。社長、ちゃんと忘れてくださいね」

じっと瞳を見つめて告げる。不思議な前置きを聞いた龍悟が息を飲んだ気配を感じ取る。

それはエリカしか知らない、涼花の苦い記憶。

本当は話すべきことではないだろう。涼花は龍悟に想いを寄せていて、それ以前に直属の上司だ。けれど知ってほしかった。知った上で、いつものように『焦るな、大丈夫だ』と優しい笑顔で背中を押してほしかった。

彼が心配してくれるのを知っていて話そうとしているのだから、自分はずるい人間だと思う。けれど止められなかった。龍悟がいつものように励ましてくれるか、いっそ豪快に笑い飛ばしてくれなければ、このまま立ち直れなくなる気がしたから。

「社長は、女性を抱いた後に記憶を無くしたことってありますか？」

「…………は？」

間の抜けた声が耳に届く。

龍悟はきっと、大恋愛の末に大失恋した話でもされると思っていたのだろう。そんな予想をしていた涼花は、眉を顰《ひそ》めた龍悟の顔を見つめて苦笑いを零《こぼ》した。

大学二年のとき、涼花に初めての恋人が出来た。二つ年上の先輩に告白され、所属していたサークル公認の恋人同士となった。

最初の頃は仲良くデートを重ねていた。たどたどしいながらも、涼花の初体験はその先輩とであった。

しかし初めての経験から数週間が経過したある日、恋人の先輩がサークル仲間たちに『涼花の愛情表現が重い』と話しているのを聞いてしまった。『一回もやらせてくれない』『期待させておいて、いつもお預け』『男の性欲を逆手に取って楽しんでいる悪女』とひどい陰口を叩かれていたのだ。

意味がわからなかった。今まで感じたことのない羞恥と破瓜《はか》の痛みに耐えて大事な初めてを捧げた相手に、その全てを蔑ろにされた。覚えているのは自分だけで、先輩は涼花の初めてを何一つ記憶していない。それればかりか原因を涼花に押し付けて、話のネタにされていた。

そしてその次のデートのとき、先輩に『セックスをさせてくれないなら恋人だなんて言えない。別れよう』とあっけなく振られてしまった。涼花は追い縋《すが》ったが、不思議なことに先輩は涼花との行為を本当に記憶していない口振りだった。

サークルは違ったが大学が同じだったエリカに相談すると、彼女は涼花以上に怒りを露わにしてくれた。けれど悲しみとショックは大きく、サークルはそのまま辞めてしまった。先輩がどうして不思議な作り話を広めたのか、結局は有耶無耶になってしまった。

その後、大学四年のときに新しい恋人が出来た。その恋人は一つ年上の社会人で、涼花がいた学部の卒業生だった。就活の際に親身になってくれた優しい男性と打ち解け、自然と恋仲になった。

だが数回のデートの後、その恋人も涼花との行為を一切記憶していないと知った。

それだけではない。彼は涼花をストーカー呼ばわりして『就活で親身にしてやっただけなのに、家までやってくる』と警察に訴え出たのだ。

当時すでにグラン・ルーナ社から内定をもらっていた涼花は、騒ぎが大きくなって会社に迷惑がかかる前に相手とすっぱり縁を切った。後にその元恋人が別の女の子と浮気をしていたことを知りさらにどん底に突き落とされた気分になったが、エリカの手厚い慰めによりなんとか立ち直れた。

二人に共通していたのは『涼花を抱くと、その記憶を失ってしまう』ということだった。

だからそれからの涼花は、自分の人生から恋愛の一切を追い出すことで心の均衡を保ってきた。心無い言葉や行動に傷付けられるのを恐れ、いつの間にか恋愛そのものが怖くなってしまった。

確かに人肌が恋しい日もある。だが想いが通じ合った相手にまた忘れられてしまったら、結局傷付くのは自分だ。それならまだ寂しい夜を我慢した方がいい。

「……ファンタジーの話か？」

涼花の話を聞いた龍悟がこめかみを押さえながら呻《うめ》く。涼花は、

「私もそう思うことにしています」

と返事をしたが、龍悟の眉間の皺《しわ》は深まるばかりだ。

自分が相当不思議な話をしている自覚はある。だから絶対に信じないだろうと思っていたが、龍悟は思いのほか真剣に涼花の悩みについて考えてくれた。

「お前を抱いても、相手の男はそれを忘れると？」

「そういうことになりますね」

ファンタジーでしょう？　と肩を竦《すく》めると、隣から再度唸り声が聞こえてきた。

本来は上司に、しかも想い人に聞かせるような話ではない。けれど涼花は、龍悟が『焦るな』『大丈夫だ』といつものように励ましてくれることを期待した。もしくは『くだらないことで悩むな』と笑い飛ばしてくれてもよかった。

だから信じてもらえないことを前提で話したが、話すことで気持ちは随分楽になった。

先ほどまでの不快感も軽減したので、歩いて帰るのも問題はないと思える。

「だから私、出会いのイベントにも合コンにも行くつもりはないんです。恋愛も、もうしないって決めているので」

そもそもこんな話になったのは、エリカとの会話を聞いていた龍悟が『合コンに行くのか』と訊《たず》ねてきたからだ。ことの経緯を思い出し、改めてイベントには行く気がないことを言い添える。

誰かと付き合う勇気はまだ持てそうにない。だから合コンに行く気がないのは本当だが恋愛をしないというのは嘘《うそ》だ。なぜなら今、涼花の目の前には想い人がいる。

誰かを好きになる気持ちは止められない。けれどこの想いを伝えるつもりはないし、知ってほしいとも思っていない。彼の一番近い場所で仕事が出来るだけで、十分満足しているのだ。

心の中でそう結論付けて立ち上がる。そのまま歩き出そうとしたところで、背中に龍悟の声がぶつかった。

「意味がわからないな」

不機嫌な声が聞こえたので振り返ると、ベンチに座ったままの龍悟が不服そうにこちらを見上げていた。

世界中の夜空を集めて閉じ込めたような、美しい漆黒の瞳と見つめ合う。

「俺だったら、秋野ほどいい女を抱いたことを忘れるわけがないと思うけどな」

「……⁉」

　まるで口説き落とすような口振りに、涼花は一瞬、心臓が止まったように感じた。数秒の後に心臓が動いていることに気付いたが、今度は腰から首の後ろまでの間をゾクリと熱い電流が走り抜ける。

　涼花がその余韻に怯《おび》えていると、龍悟がはっとしたように目を丸くした。どうやら彼は自分で口にした内容に自分で驚いたようだ。その瞳の動きを追った涼花の身体から、熱い感覚がすっと抜けていく。

　龍悟は自分の冗談にちゃんと気が付いた。だからまた笑いながら『セクハラだな、すまない』と謝るのだろう。そう思っていたのに。

「秋野。俺がお前を抱いてやる」

「……え？　…………は？」

　名案を思い付いたとばかりに立ち上がった龍悟は、涼花に近付くと腕を摑《つか》んで突然そう宣言した。意味が分からずに間抜けな声を上げた涼花の眼を見て、龍悟がにやりと笑う。

「俺は記憶力はいいぞ」

「ぞ、存じ上げて、おります……けど」

「俺は自分がそう簡単に記憶を無くすとは思えない。だが、お前が嘘をついているようにも思えない」

　だから確かめる、と耳元で囁《ささや》かれる。

「しゃ、社長？　本気でおっしゃって、ます……？」

「当たり前だろ」

肯定の台詞を聞いた涼花の顔と身体が熱を帯び始める。それと同時に、妙な汗が噴き出してくる。しかし龍悟は硬直する涼花に有無を言わせず、摑んだ腕を引いてそのまま歩き出してしまう。

（う、嘘……⁉）

一ノ宮龍悟という男は、何事においても完璧に情報を収集し、緻密な計画を立て、幾重にもシミュレーションを繰り返し、確実に実行に移す戦略を好む人だ。ビジネスにおいても堅実に策を練ることが多く、突拍子のないことはあまりしない性分である。それを知っているからこそ、この思いつきと思いきりの良さには大いに焦った。

秘書として上司の意思決定を妨げるようなことは、決してあってはならない。だが明らかに方向性が間違っていると判断できる場合は、そう進言するべきだ。

けれどここが繁華街ということもあって、思いつきを実行に移す場所には全く困らないらしい。涼花が言葉を選んでいるうちに、龍悟は近くの建物の中へ涼花の身体を引きずり込んでしまった。

＊　＊　＊

涼花が慌てふためいている間に、龍悟は部屋の扉をさっさと閉めてしまう。選んだのがいやらしいネオンが光るホテルではなくビジネスホテルであるのがせめてもの救いだと思ったが、促されて中へ進むと部屋の大きさに驚いて思わず言葉を失ってしまった。

やたらと広い室内と大きなベッド。壁に埋め込まれた大型のテレビは電源が入っていないと部屋全体を映す黒い鏡のようだ。ベッドの傍には光沢のある革張りのソファが向かい合って並べられ、その間にはガラステーブルが置かれている。窓辺のスペースには手入れが行き届いた観葉植物、部屋の隅には据え置きタイプのスチームアイロンが完備されている。

確かに設備はビジネスステイ向けだが、涼花が知っている部屋よりも格段に広い。このホテルの中でも最高ランクの部屋なのだろう。

涼花や旭は龍悟が出張などで宿泊する部屋を手配する機会が多いが、実際に使用する部屋の中まで立ち入ることはない。だからいざ踏み込んでみると社長が利用するようなハイクラスの部屋の広さと高級感に驚いてしまう。そしてこのクラスの部屋を当然のように選ぶ龍悟が、やはり自分とは違う次元を生きているのだと思い知る。

「少し狭いが、ビジネスホテルならこんなもんだろう。予約もないのに入れただけありがたいと思おうか」

あっけらかんと告げる龍悟に、涼花は頭を抱えた。

龍悟は大企業グラン・ルーナ社の代表取締役社長であり、一ノ宮家の御曹司である。グループの偉大な功績を思うと、その御曹司様が使用するにはこの部屋でも狭いと感じるのかもしれない。だが顔を上げて室内を見回せば、やはりそんなはずはないと思う。

「どうした、緊張してるのか？」

「……っ」

棒《ぼう》立ちになっていると、腰にするっと手を回されて顔を覗き込まれた。咄嗟《とっさ》にその手を振りほどこうとしたが、添えられた手に力を込められるとそのままバランスを崩してベッドに座らされてしまう。

「シャワー使うか？」

「えっ、いえ……そのっ……」

「俺はそのままで構わないけどな」

そう言ってジャケットを脱いだ龍悟が、ベッドの端に腰掛ける涼花の太腿《ふともも》の間に膝を入れてくる。逃げないように行動を制限するつもりなのだろう。動揺しているうちに肩から上着を落とされ、涼花の身体はさらに強張った。

「しゃ、社長……やっぱり私……！」

こんなことできない。してはいけない。そう思うのに、言葉にならない。

龍悟の言うように緊張しているのもあるが、それ以上に想い人とこんな形で肌を重ねていいわけがない。けれどそう訴えることは自分の気持ちを打ち明けることに直結する。

涼花はブラウスのボタンに掛かる手首を摑み、せめてもの抵抗でふるふると首を振る。

「お前、どうせ月曜からの仕事に支障が出るとか思ってるんだろ？」

「当たり前です！　社長が忘れても、私は覚えているんですから……っ」

「だから忘れないって」

「それはそれで困ります！」

必死に訴える涼花に、龍悟がまた意地悪な顔で笑う。

ふとブラウスのボタンに添えられていた指先が離れると、大きな手が後頭部へ回り込む。そのままグッと引き寄せられたかと思うと、龍悟の唇が耳元に近付いた。

「案外、お前の方が忘れるかもしれないぞ」

「……え？　それ、どういう……？」

「最後まで意識保っていられる自信、あるのか？」

「⁉」

低く掠《かす》れた声で囁かれ、涼花の全身は一気に燃焼した。

自信があるか、と問われてもそんなことはわからない。涼花が固まってなにも言えなくなっていると、気付いた龍悟が身体を離してため息を吐いた。

「わかったわかった。じゃあ理由をやる」

「……理由、ですか？」

「そうだ。仕事熱心で生真面目なお前には『俺の好奇心に応える』だと抱かれる理由にならないんだろ？　だから別の理由をやる。――作り笑いでも構わない。俺のために『笑える』ようになれ」

「……」

「秋野、仕事中は全然笑わないだろ。最初はそういう性格なのかと思っていたが、友達と話していると普通に笑うんだな。俺や旭が笑わせようと思っても反応が薄いから、さっきまでは知らなかったが」

龍悟の言葉に違和感を覚える。どうやら涼花は龍悟に『あまり笑わない人』だと思われているらしい。

もちろんそんなことはない。確かにへらへら笑う秘書なんて相手に良い印象を与えないだろうし、自分の振る舞い一つが龍悟の人間関係に影響することも知っている。だから仕事中はあまり感情を表に出さないが、面白いことがあれば普通に笑うし、可愛い動物や小さな子どもを見れば自然と笑顔にもなる。しかし仕事中はそういった状況になかなか出会わないので、龍悟は涼花を『笑わない』と認識しているようだった。

龍悟の発言を考察していると、彼がまた意地悪な笑みを浮かべる。

「どうして笑う必要があると思う？」

「……わかりません」

「商談のときにお前が笑顔を見せてやれば、男共がすぐ落ちるからだ。みんなこぞって契約書にサインするだろうな」

「な、なにを言って……？　そんなわけないじゃないですか……！」

「本当だ。まぁ信じなくてもいいが、それが俺の戦略だと思ってくれればいい」

いつものような人当たりの良い笑顔の中に、経営者としての野心が混ざり合う。その柔らかくも鋭くもある笑顔で龍悟は涼花をさらに説き伏せる。

「けど急に笑えと言われても、笑えないんだろ？　だから秋野、お前は恋愛をしろ。感情を表現することを覚えろ。うちは別に社内恋愛禁止じゃないし、仕事に支障がないなら社内に恋人を作っても構わない」

龍悟の言葉を聞いた涼花は密かに衝撃を受けた。思わず絶句してしまう。

確かに恋人はいないが、恋ならしている。目の前の龍悟に。しかしそれを口に出すわけにはいかないので、普段は必死に感情を抑えて秘めた想いを隠している。平静を保っているだけで、本当はずっと憧れている。恋焦がれている。

なのに、その相手に恋人を作れと言われてしまった。

龍悟は気付いていないが、涼花は遠回しに失恋したということになる。おまけに涼花が感情を表出して仕事中に上手く笑えるようになったら、会社に利益をもたらすと言う。龍悟が涼花を恋愛対象には思っておらず、会社のために涼花を利用しようとしていることは明白だった。

言葉が出てこない。元より社長である龍悟とどうこうなるとは思っていないし、実際あっても困るのだが、こうも簡単に玉砕するとなるとダメージも大きい。

沈黙して俯いた涼花をよそに、龍悟はそっとため息を吐く。

「そのためには、まずそのマイナスファンタジーをどうにかしないとな。だから俺が証明してやる。俺は絶対に忘れない」

「いえ、あの……私としては忘れて頂いた方がありがたいのですが……」

「くどい！」

ピン、と額を爪先で弾かれた涼花は、ぽかんと口を開けて目を見開いた。

「いいから黙って抱かれろ。それで俺が明日になってもちゃんと覚えていたら、お前は来週友達と合コンに行ってこい！　社長命令だ！」

「そ、そんな……！」

確かに涼花の恋心さえ無視すれば、感情表現が乏しいと勘違いしている龍悟にとっては理にかなった話なのかもしれない。

会社の利益のために、涼花は自然な感情表現を覚える。そのために恋愛経験を積む。恋愛をするためにはトラウマを乗り越える。トラウマを乗り越えるためには、涼花を抱いた男性が記憶を失うという『ファンタジー』から覚める必要がある。けれど。

（相手が社長である必要はないよね⁉　しかも私、いま振られたのに！）

最後の抵抗が言葉になる前に、再びブラウスに手が掛かる。ぷち、と小さな音を立ててボタンが一つ外される。

龍悟がベッドについていた手を急に引っ張るので、支えを無くした身体は簡単に倒れ込んでしまう。さらにブラウスのボタンを外しながら、龍悟は空いている手で自分のネクタイをゆるめ、そのまましゅるっと抜き取った。

「しゃ、ちょ、……待って」

咄嗟に押し返そうと思ったが、一八七センチの大柄な龍悟を相手に、筋肉どころかスポーツ経験もない涼花では勝てるはずもない。込めた力はくたびれ儲《もう》けに終わってしまう。

そうしている間にも三つ目と四つ目のボタンが開放されていく。はだけたブラウスの襟を開かれると、龍悟の前に標準よりも大きい胸を晒《さら》してしまった。

「へえ、オレンジって。可愛いな」

「……やっ、見な、で……！」

涼花の下着の色を確認すると、龍悟が感心したように呟く。

もちろん下着は色を問わず様々なものを所持しているが、オレンジは肌の色に近く外に響きにくいので、仕事のときは特に多用している。勤務中はさらにインナーを一枚着込んで万が一にも透けないようにしているが、汗をかいたので今日はもう更衣室で脱いでしまっていた。

思わず目を閉じる。だが龍悟は構わずに涼花の脇腹から手を入れて、背中のホックを取り払ってしまう。拘束を解かれると開放を待ちわびたように胸がふるりと揺れる。その胸を見ていた龍悟が楽しそうな声を零した。

「随分大きいな。辛くないのか？　これだと結構、締め付けてるだろ？」

「ひ……秘書が、変にいやらしいと……嫌な噂《うわさ》になるかも、って……」

涼花が極度の恥ずかしさに耐えながら答えると龍悟は納得したように、

「俺や旭を気遣ってるのか？　優しいな、えらいえらい」

と頭を撫《な》でてきた。

確かに下着はボリュームを抑える構造のものを選ぶようにしている。もちろん龍悟や旭に変な噂が立たないよう気を付ける意味もあるが、自己防衛の意味もある。ささやかな努力を知られてしまったことと、頭を撫でられた気恥ずかしさから視線を逸らす。すると龍悟の手が下着と胸の間に滑り込んできた。

「気遣いは完璧なんだ。あとは笑顔があれば言うことなしだぞ」

「ん……っ、あっ」

大きな右手がそれ以上に大きな左胸の膨らみを包み込むと、身体がぴくっと反応する。指が沈む感覚を確かめ、優しく掴むように力を込められる。少しずつ指の位置を変えて胸の質量を確かめていたらしい龍悟が、感嘆の息を漏らした。

「すごいな、片手じゃ収まらない。……溢れるぐらいだ」

「や……っ」

吐息が漏れそうになる直前に、大きな手がふにゅ、と胸を揉《も》む。その刺激に反応して声が出てしまわないよう、視線を逸らして喉に力を入れる。

肌に沈む長い指は、胸全体の感触を確かめるように動いていく。彼は胸の感触を気に入ったのか、何度も指を埋めては膨らみの弾力と柔らかさを楽しむように胸を揉み続ける。

　やがて中央で主張する小さな突起に指先が到達すると、人差し指と親指がきゅう、とそこを摘み上げた。

「ふぁ……っ」

「ん。少し強いか？」

　あまり強く弄られたわけではないが、刺激に反応して声が漏れ出ると龍悟が優しく問いかけてきた。

　痛みは感じない。けれど恥ずかしくて言葉が出ない。否定も肯定も出来ずにいると、気をよくしたのか龍悟は右の胸にも同じ刺激を与え始めた。

「あっ……ん、……んぅ、ふ……あっ」

　ふわふわの膨らみを堪能するように、撫でられてほぐされる。まるで龍悟の指が動く度に肌の全てがその感触を記憶していくように。全てを感知して全てを覚えるように、胸の先端を中心に体温が上昇していく。

　熱く火照った全体を包み込むように、今度は胸を横から支えられる。空いた親指の腹で突起をクリクリと撫でられると、新たな刺激に身体がじんと麻痺《まひ》した。

「ん、んんっ……っぁ」

　胸が大きいと感度があまり良くないというのは本当なのだろうか。涼花はどこかで聞いた話を頭の片隅で思い出したが、大きさと感度に相関はないと確信する。今までは一度も意識したことがなかったが、他人に胸を触れられることがこんなにも気持ちいいだなんて、知らなかった。

龍悟の指は胸全体を揉む動きと、乳首を摘み上げる動きと、指の腹で乳首を捏《こ》ねるように刺激する動きを、緩急をつけながら絶妙に繰り返す。時には左右で違う動きをするので、小さな快感を追いかけるうちに涼花の脳は混乱していく。

「しゃ、ちょっ……も、やぁ……」

「なにが嫌だ。まだなにもしてないだろ」

呆れたように言われたので『もう十分にすごいことをしている』と抗議したい気持ちが芽生えた。だが力は入らないし、思考も上手く働かない。

痺《しび》れてぼうっとする頭で反抗の台詞を考えているうちに、龍悟は最後のボタンを外してブラウスと下着を剝ぎ取ってしまった。背中を浮かせたつもりはなかったのにどうやって腕から袖を外したのだろう、と考える暇もない。龍悟の目の前に晒した胸を隠そうと腕を抱えたが、涼花の胸は腕だけで隠せるようなサイズではなかった。

身体にのしかかるように体重をかけた龍悟が、耳元にふ、と息を吹きかける。

「ふぁっ……っ」

普段感じることのない刺激が耳から背中へ広がっていくと、涼花は思わず身を竦めてしまう。その反応を見た龍悟は楽しそうに喉で笑いつつ、再びそこへ唇を寄せて吐息を流し込んできた。ぼーっとする頭を懸命に働かせて甘い刺激から逃れるために身をよじっても、龍悟はその度に涼花の顔を追いかけて追い詰めてくる。

「んん、ん……ッ」

「感じるか？」

「やっ、耳……しゃべら、ないで……っ」

聴力を奪うような吐息と熱を感じると、背中にピリピリするような感覚が広がっていく。敏感な場所に刺激を与えられるだけで、身体が忘れていた性の興奮を思い出していくようだ。

「ひゃあ……っ」

かぷりと耳朶《みみたぶ》を噛《か》まれ、耳孔に舌が侵入してくると、ザワザワザワッと背中が粟立《あわだ》つ。ピリピリなんて表現では足りない、まるで脊髄の中を電流が走り抜けていくような感覚だ。

思わずぎゅっと目を閉じて顔を背けても龍悟は悪戯を止めようとしない。耳朶を食み、耳殻を舌で辿《たど》り、耳孔を舐《ねぶ》られて逃げ道を奪われる。

「や、んっ、やめっ……あぁッ」

責められているのは耳元のはずなのに腰の下あたりに疼《うず》きを感じてしまい、驚いて厚い胸板を押し返す。その反応を見て口惜しそうに離れた龍悟が小さな笑みを零した。

顔を上げた龍悟は、涼花が快感に震えている様子を見るとそれ以上いじめるのは止めてくれる。だが胸を隠していた涼花の腕がいつの間にか外されていることには気付いてしまったようだ。おもむろに顔の位置を下げると、今度はぷくりと熟れた突起をそのまま口に含まれた。

「ふぁっ……な、……あ、ぁあ、ん」

驚いた涼花の喉から声が溢れ出るのも構わず、彼の舌先は胸の突起をねっとりと転がしていく。つい先ほどまで指で弄ばれていたせいで柔らかくほぐれたそこも、再び硬く尖り始める。

龍悟の大きな手が涼花の腕を捕らえてベッドに押しつけ、愛撫の邪魔をしないよう行動を制限する。そのせいで甘く色付いた突起を味わう舌からも、逆の胸を指の腹で可愛がるような刺激からも逃れられなくなってしまう。

「ん……、あッ……ふぁ、あっ、あ」

涼花は必死に声を我慢していたが、龍悟はそれを妨げるように同じ場所への愛撫を繰り返した。舌の先で存分に転がされれば、息を詰まらせるしかない。けれど歯を立てるように弱く噛まれると、詰めた息は自然とほどけてしまう。喉の奥からは小鳥のさえずりのような高い音がとめどなく溢れてしまう。

執拗《しつよう》に攻められ続けているうちに、下腹部に切ない疼きが宿り始める。太腿を擦り合わせるようにもじもじと動くと、その様子を見た龍悟がなにかを考え込むように息を漏らした。

「秋野、スカート脱いでくれ」

「え……？　自分で、ですか……？」

「そうだ。恥ずかしいか？」

「……」

恥ずかしいに決まっている。ぼーっとする頭の中で懸命にそう訴えたが、口にしたところで龍悟は自分で見つけた楽しい悪戯を自分から止めはしないだろう。

決して身体に与えられる快感に酔っているわけではない、と自分にそっと言い訳する。大丈夫、どんなに醜態を晒したところで、龍悟は明日には忘れてしまうから――そう気が付くと、諦めの境地に辿り着くのも早かった。

おずおずと手を伸ばしてスカートのホックに触れる。両手をぎこちなく動かしてホックを外し、そろりと龍悟の顔を見上げると『それで？』と言うように首を傾げられた。

わかっていてさらに意地悪をするその瞳にはしたない姿が映りこんでいる気がして、涼花は思わず目を伏せる。そのまま自分の手元も彼の瞳も見ないよう静かにファスナーを下ろす。

「よしよし、いい子だな」

子ども扱いされるような年齢でもないが、大きな手に頭を撫でられると心地よさに満足してしまう。満足したけれどもっと撫でてほしいような、満足したので今すぐ止めてほしいような、不思議な感情が湧き起こる。

スカートが足先からベッドの下へ落ちていく。涼花の身体を楽々と扱う龍悟は、次いで下半身からストッキングとショーツも剝ぎ取ってしまった。

「あの……しゃちょ……」

　恥ずかしさに耐えられず膝の内側を擦るように股を閉じると、喉で笑われてしまう。その龍悟の指先が、内腿をそろりと撫で上げる。またあられもない声が出るのではないかと不安を覚える涼花をよそに、指先は足の付け根を何度か撫で、そのまま薄い茂みの中へ侵入してきた。思わず内腿により強い力が入る。

「こら、足閉じるな」

「やっ……だって……！」

　再び耳に吐息を注ぎながら叱責されると、つい涙目になってしまう。数秒は龍悟を睨《にら》んでみたが、彼の黒い瞳に動じる気配がないので、観念してそっと力をゆるめる。

　長い指が再び動き出すと、身体がまたびくりと震えた。だが龍悟の指はその反応まで楽しむようにさらに奥へ進んでいく。花芽に指の先端が到達すると、指先を埋めるようにくいっと軽く折り曲げられる。

「ゃあぁっ……ん！」

　弾かれたように、喉から甘い声が漏れ出してしまう。ぱっと自分の手で口を塞ぐと、龍悟の手元からくちゅっと濡《ぬ》れた音が聞こえてきた。

「気持ち良かったか？　濡れてるぞ」

「んん、ん……」

　恥ずかしさに耐えられず、否定するようにふるふると首を振る。

　一応の抵抗は試みるが、水音が耳に届くとその必死な訴えも意味がないように思う。龍悟はわずかな反抗に笑みを零しながらも、陰核を擦るスピードを徐々に速め、指の腹でわざとらしく湿った音を響かせた。

耳に届く音は、くちゅ、ぬちゅ、ぐちゅ、と水を含んで信じられないほどに濡れている。だんだんと音が激しくなると、小さな突起は花を開かせるように弱々しく震えた。

そうしている間にも龍悟の指は奥へと進み、今度は閉じられた花弁をゆっくりと押し広げていく。奥にある縁を丁寧に撫で上げられると、涼花の性感はさらに高まった。

「っふ、……あ、っぁあ、ん」

溢れる声を堪えようとしたが、ささやかな努力を打ち砕くように龍悟の指が侵入してきて内壁を丁寧に擦り撫でる。耳への刺激と胸への愛撫で十分に濡れていたせいか、秘部に違和感が侵入してきても痛みはほとんど感じない。代わりに喉の奥から嬌声《きょうせい》が漏れると、今度は長い中指を奥へ突き立てられた。

「あッ、……やっ……あ」

指を動かされると、肉壁が蠢《うごめ》いて同じ場所からまたいやらしい音が聞こえてきた。蜜壺《みつつぼ》をほぐされる度に喉の奥から声が溢れるが、腰は快感から逃げるように自然と引けていく。

「ほら、逃げるな」

龍悟は膝を使って涼花の逃げ道を塞ぐと、あらゆる方向に指を動かしてさらに激しく中をかき回した。その動きに合わせて、ぐしゅ、ぐちゅっと泡が潰れたような淫らな水音が室内に響く。

「あ、あっ、ぁんっ……ふ、ぁ」

溢れる声を抑えるために自分で口を押えようとすると、その手は龍悟によって再びベッドへ縫い付けられた。腕の自由が奪われてしまうと、喉の奥から溢れてくる甘ったるい吐息と声は全く自制できなくなる。

「っや、あぁ、んっ……」

「どうだ？　気持ちいいか？」

「んん……っ」

優しい声音で快感の有無を訊ねられる。いつの間にかこんなにも濡れて、身体は火照って、声も溢れてしまっているのに『気持ち良くない』と言ってても信じてはもらえないだろう。それに涼花の思考からも、今さら引き返したいという気持ちは消え失せていた。

「だめ……、しゃ、ちょぉ……。私、もう……、だめ……っ」

「……秋野。お前、ちょっとずるいな」

懇願するように訴えると、ようやく指の動きが停止する。刺激の波に抗うように呟いた言葉は、ぼんやりとしていてまともな返答にならない。龍悟の呟きの意味も、よく理解できない。

「……？　なん、ですか……？」

「いや、いい。なんでもない」

涼花の問いかけに腹から大きな息を吐いた龍悟は、自分のシャツのボタンを上から順番に外していく。涼花は龍悟が衣服を脱ぐ姿をただぽうっと眺めていた。

白いシャツの下から現れたのは均整の取れた筋肉質な裸体だった。全体がほどよく引きしまった身体は女性だけではなく男性にとっても理想的な姿だろう。

その身体が涼花の身体の上に覆い被さって肌同士が密着すると、少なからず戸惑った。服を脱いだ素肌から感じるのは涼花の良く知る一ノ宮龍悟の匂いだが、汗と混じっていつもより雄々しい香りに感じる。彼の匂いが間近にあると思うだけで、心音が速まってしまう。なにか言わなければ、と思っても、なにを言葉にすればいいのか全く思い浮かばない。

「大丈夫だ、ちゃんと持ってる」

涼花の戸惑いを感じたのか、そう言って龍悟が取り出したのは小さな袋に入った避妊具だった。龍悟は涼花に見せつけるように口の端で小袋を破いて中身を取り出すと、涼花の耳元にそっと呟く。

「本当はない方が『イイ』んだろうけどな」

恐ろしい囁きに驚愕《きょうがく》する涼花の腰を摑むと、龍悟はぐっと力を込めて身体を傍へ引き寄せた。

「や、社長……ちょっと待っ――」

「待たない」

涼花は心の準備の為に時間的猶予を求めようとしたが、それはあっさりと却下された。

引き寄せた腰を固定して自分の太腿の上に涼花の脚を乗せると、そのまま濡れた膣口《ちっこう》に避妊具を装着した先端を宛がう。

瞬間、じっと見つめ合う。

仕事中に至近距離から見下ろされるときとは違う。このまま食い尽くされるのではないかと思うほど、熱の籠った視線は鋭い。

いつもの人の良さそうな上司の顔ではない。——男の貌《かお》だ。

衣服を纏《まと》わない肌から互いの温度と香りを直に感じる。高鳴る心臓の音が龍悟に聞こえてしまうのではないかと焦ってしまう。涼花は快感を予兆してふるると身震いしたが、龍悟はそんな身体の震えが治まる前に、欲望の先端をずぷ、と沈み込ませた。

「——ひぁ、あぁっ……！」

熱い愛液がとろとろと溢れ出す蜜壺に、それよりさらに熱い肉棒が沈む。涼花は圧迫感と痛みを感じたが、それ以上に内壁を押し広げる熱い昂《たか》ぶりと強い摩擦を感じずにはいられない。濡れた秘孔は徐々に熱い塊を飲み込み、まるで待ち望んでいたかのように熟れた襞《ひだ》が纏わりついていく。

「やぁ……いっ、……しゃ、ちょぉ……」

「ああ、そうか……久々なんだったな。……もう少し慣らしておけばよかった、か」

龍悟の独り言が耳に届く。ゆっくりとしか挿入できないので、涼花の身体を心配しているようだ。しかし確かに痛みはあるが、それ以上に気持ちがいい。龍悟の雄竿《おざお》を飲み込んだ結合部から頭の先まで、痛みよりも快感と充足感で満たされていく。

ゆっくり腰が落とされていくと、徐々に膣内に感じる質量が増す。内壁を抉《えぐ》られるとそこから意識を引き剝がされそうなほどの快感が押し寄せ、身体に力が入ってしまう。

「痛いか？　それとも怖いか？」

「んん、ふぁ……っん……」

そっと確認されたので、ぎゅっと瞳を閉じたままふるふると首を振る。涼花の反応に「そうか」と小さく呟いた龍悟が、また少しずつ奥へ突き入れてくる。熱い塊の存在が蜜壺の中に満ちると、喉からは再び甘い吐息が漏れた。

「っ、あッ……！」

トンと一番深いところを突かれると、子宮の奥から快感が押し上がってくる。その瞬間、涼花の身体がビクンと跳ねた。先端が最奥に届くと、彼はすぐに腰を引いていく。だが抜ける寸前で止めると、また深く沈み込んでくる。

「まっ……やぁっ、ああぁッ」

二度目は一気に奥まで貫かれ、涼花はそのまま軽く達してしまった。びくびくっと身体が震えると彼自身をきゅうっと締め付けてしまい、龍悟が驚いたように目を見開いた。

「なんだ、達《い》ったのか……？」

「んっ……あ、もうしわけ、ありませっ……」

「いい、謝るな。……でも、それなら遠慮はいらないな」

龍悟の声が耳に届いたので、そっと目を開いて視線を合わせる。その表情は涼しい顔で仕事をするいつもの姿からは想像も出来ない。額に透明な珠を湛《たた》え、熱い吐息を詰まらせる顔はまさしく男の色気であり、雄の本能が剝き出しになった姿だ。

「しゃ、ちょ……」

(……好き)

危うく言葉に出そうになって、慌てて下唇を噛む。

龍悟はどうせ明日には忘れてしまうだろう。今夜の思い出はただ自分の記憶と身体に刻まれるだけだ。

けれど『俺は忘れない』と豪語した龍悟の台詞が、鼓膜の奥で響いている。もし本当に龍悟が忘れていなかったらと思うと、すでに振られている涼花にはそんな告白などとても出来そうにない。

不意に目尻に小さな温度の変化を感じる。次いでじわりと滲《にじ》んだ視界が、自分が泣いていることを教えてくれた。

そうだ。涼花は失恋した。自分を抱く目の前の愛しい人に、身体は繫《つな》がっているのに心が通っていない想い人に、恋人を作れと言われてしまった。

「や……」

恋人なんか要らない。ただ龍悟の傍で仕事をしていたい。

もちろん本当は覚えていてほしい。けれどやっぱり忘れていてほしい。

覚えていたら嬉しくて、恥ずかしい。忘れていたら嬉しくて、悲しい。

相反する気持ちがごちゃ混ぜになって思考を塗りつぶす。この気持ちをどうすればいいのか、あっさりと振られてしまった涼花には判断できない。

「なに考えてるんだ?」

「え……?」

「随分と余裕だな……なら本当に、遠慮はしないぞ」

涼花の姿を見下ろしていた龍悟は、唇の端を舐《な》めると口元に再び笑みを浮かべた。

確かに回らない頭なりに考えごとはしていたが、まだ回復はしていない。だが達したばかりで敏感になった身体をさらに昂らせるように、龍悟の指は胸の突起をきゅっと摘み上げてしまう。

「ひゃぁっ……! あっ、んっ……ぁあ、あッ」

乳首を弄りながら蜜壺を埋めるように腰を打ち付けられる。ぱちゅ、ぐちゅ、と激しい抽挿を繰り返されると、感覚が過剰になっていた涼花は悲鳴をあげるように喘《あえ》ぐしかない。

「んぅ、っぁ、だめ……やぁっ」

最奥を荒く攻められると、下腹部からすぐに強烈な快感が襲ってきた。

さらに空いた手で胸ばかり執拗に刺激されるので、思考は脆《もろ》くも崩れ去る。甘く激しい刺激に溺れるように、快感を追いかけて昇り詰めてしまう。

「あっ、ぁッ、ぁ、あぁんっ……!」

やってくる絶頂感に抗う術はなく、熱を放出するように再度達する。今度は先ほどよりも深く強烈な波に飲み込まれるよう、全身をびくびくと震わせる。

ほぼ同時に龍悟の欲に濡れた熱液も避妊具の中へ吐き出されたが、それを知る前に涼花は意識を手放していた。

＊＊＊

旭が龍悟の今日のスケジュールを読み上げ終わると同時に始業のアナウンスが鳴った。涼花が音に反応して顔を上げると、旭と目が合う。

「今週、俺だっけ？」

「……いえ、私です」

一瞬の間をおいて返答すると、タブレット端末に視線を戻した旭が自席に腰を下ろしながら『よろしく』と呟いた。その声と同時に、今度は龍悟が席から離れて歩き出す。

「行くか」

「……はい」

龍悟の呼びかけに、涼花は小さく返事をして踵《きびす》を返した。

グラン・ルーナ社では定期の全体朝礼が無い代わりに、毎週月曜日の始業時に社長自らが各部署へ足を運ぶことが慣例となっている。これは社内の労働環境、各部署の業務の進捗、会議やイベント等のスケジュールを直接確認して把握するためだ。さらに飲食店業界

は週末にトラブルが多いので、問題があれば併せてその処理についての指示も出される。

しかし社内巡回の間も執務室には業務連絡がやって来る。そのため秘書のどちらかが社長に付き添い、もう一人が執務室に残る形で週明けの秘書業務を分担しているのだ。

そして今日は涼花が龍悟に付き添い、旭が執務室に残留する日である。

執務室を出ると誰もいない廊下を二人で歩く。少し先を行く龍悟の背中を見つめた涼花は、もう一度深呼吸をしてから意を決して彼に声をかけた。

「社長」

声を掛けると龍悟が『ん?』と小さく反応した。

歩みを止めない背中に近付き、そっと謝罪を口にする。

「その……先週末は、申し訳ございませんでした」

徐々に小さくなる涼花の声を聞いた龍悟がわずかに頷く。

送ってくれようとしたこと、悩みを聞いてくれたこと、醜態を晒《さら》してしまったこと、龍悟が目覚める前に帰宅してしまったこと、ホテル代を一切払っていないこと——謝罪したいことはたくさんあるが、送ってくれようとしたことと悩みを聞いてくれたこと以外は覚えていない可能性がある。だから涼花は当り障りのない謝罪をした……つもりだった。

「びっくりしたぞ。朝起きたらいなかったから」

——全部覚えていた。

当たり前のように笑う龍悟の言葉には心底驚いたが、そこに羞恥心が混ざるとどう返答していいのかわからなくなってしまう。悩んだ挙句、もう一度謝罪の言葉を口にする。

「申し訳ありません。あの……とりあえず宿泊代を」

「お前アホなのか？　そんなの受け取るわけないだろ」

どこから謝るのが正解なのかと悩んだが、考えてもわからなかったので一番形にしやすいものから返していこうと思った。だが龍悟はその言葉を鼻で笑って一蹴する。

「それより、他に聞きたいことがあるんじゃないのか？」

龍悟がエレベーターのパネルに社員証をかざしながら呟く。その台詞を聞いて、涼花は思わず固まってしまった。

そうだ、なんのために龍悟と夜を共にしたのか。それは彼の好奇心を満たすためではない。もちろん涼花の淡い恋心を満たすためでもない。

会社の利益のために、涼花は自然な感情表現を身につける。そのために恋愛をするためにはトラウマを乗り越える必要がある。そしてトラウマを乗り越えるためには『涼花を抱いた男性は記憶を失う』という『ファンタジー』から目覚める必要がある。

龍悟の提案に応じたのは、その証明の為だ。

「ちゃんと覚えてるぞ」

龍悟はエレベーターのパネルに触れると、涼花の目を見てそう言った。涼花に『重い女だ』と吐き捨てた目ではない。『ストーカーだ』と罵《ののし》った目ではない。しっかりと涼花の目を見て、優しい笑顔で、彼は『覚えている』と言うのだ。

「……うそ」

口元を押さえて呟くと、龍悟がフッと安堵したように息をついた。

「嘘じゃない。秋野は下着がオレンジで、胸が大きくて、感度が良くて……」

「え、ちょ、ま……ちょっと⁉」

「それから」

指折り数えながら恥ずかしい出来事を羅列するので、涼花は慌てて数えるのを止めさせようと腕を伸ばす。しかしその姿を見た龍悟は涼花の手首を摑んで傍へぐっと引き寄せると、

「声が可愛かった」

と低く囁いた。

「っ！」

驚いて身を引く。顔に熱が集中していくのが自分でもよくわかる。

言葉を失った涼花を見て、龍悟は噴き出しながらもやってきたエレベーターに颯爽《さっそう》と乗り込んだ。涼花も後を追ってエレベーターに乗り込むと、最初に向かう部署がある階のボタンを押す。

「ま、そういうわけだ。秋野の昔の男が相当頭が悪かったのか、俺が変わっているのかは知らないが、少なくともお前の魔法にかからない人間がいることは証明されたな」

エレベーターが下降する振動を感じながら、楽しそうな笑い声を聞く。龍悟は面白い出

来事に遭遇したかのように上機嫌だ。

「秋野こそ、俺との約束は覚えているな？」

「金曜日の……イベント……」

「そう、それ。ちゃんと行って来いよ」

「……う」

龍悟の目的はあくまで会社に利益をもたらすこと——涼花が自分の感情と立ち振る舞いをコントロールすることで、取引を円滑に進めることにある。今はそのための課題を一つクリアしたにすぎない。次なる課題を指示され、涼花はがっくりと項垂れた。

結局のところ、龍悟は涼花の想いには気付いていないようだった。もちろん気付いていて知らないふりをしている可能性もあるが、彼は誠実な人だ。その誠実で優しい龍悟は、他者の、しかも業務上最も身近にいる秘書の想いを宙ぶらりんの状態で放置するような冷たい人間ではない。

よもや応えるとも思えないが、振るにしてもちゃんと言葉にする人だ。だからその点に触れないところをみると、やはり涼花の想いには気付いていないのだと思われる。

目的階に到着すると、短いベル音と共にドアが開く。だが朝の巡回が始まる前に、涼花にはもう一つ龍悟に伝えなければならないことがあった。

「社長。あの……」

「ん？」

「社長の記憶力が大変優れていることは承知いたしましたので……。その……もう忘れて下さって大丈夫です」

「……」

「というか、忘れて下さい。お願いします」

涼花は丁寧に懇願するけれど。

「さぁ？　それはどうだろうな？」

「⁉」

にやにやと、そんなつもりはないと言いたげに笑う龍悟の様子に、涼花は再び絶句した。ほどなくしてもう一度ベル音が響く。動けなくなった涼花の様子など気にも留めず、エレベーターの扉は涼花を中に残したまま静かに閉じた。

「藤川さん、リストの反映まで完了しました。それと午前の議事録が上がってきているので、チェックお願いします」

「オッケー。俺も稟議《りんぎ》書の入力終わったから後で確認しておいて」

「日付順でソートしたんですか？」

「いや、部署順。その方が後から検索しやすいかと思って」

「そうですね、了解しました」

　社長が業務を円滑に進めるためには、秘書である涼花と旭にも迅速で丁寧な作業や対応が求められる。いつものように各部署から持ち込まれる案件の全てに目を通し、さらに精査する。この中から龍悟に詳細を報告するものはおよそ半分程度になるが、忘れた頃に『社長に報告したのに解決してない』と言い出す社員もいるので、秘書はその全てを把握して完璧に処理しておく必要がある。中には面倒な案件もあるが、二人で取りかかれば作業は早い。

　とりあえず本日中にやるべき仕事を終わらせると、揃《そろ》ってPCの電源を落とす。二人の作業が終了したことに気付き、龍悟も顔を上げた。

「お疲れさん。今日はもう一仕事だな」

龍悟が労いの言葉と共に気だるげに呟く。今夜は接待だ。

「帰りたいです」

「俺だって帰りたいよ」

旭の文句を受け流すと、龍悟も自分のPCの電源を落として立ち上がった。

龍悟がジャケットに袖を通しながら腕時計の時刻を確認すると、つられるように涼花と旭も壁に掛けられた時計を見上げる。今から約束の料亭に向かえば、多少道が混んでいても余裕を持って到着できるだろう。

「涼花、今日はほんと気を付けて」

「？　なににですか？」

「向こうの社長。すっげーエロ親父だから」

「えぇぇ……？」

準備をしながら真顔で忠告する旭の言葉に、涼花は怪訝《けげん》な声を漏らした。会話を聞いていた龍悟も肯定するように畳み掛ける。

「そうだな。向こうが席を離れている間は、秋野も席を立つなよ。廊下や手洗いで二人にならない方がいい。万が一俺と旭が同時に席を離れるようなことがあれば、お前も適当な理由をつけて俺か旭のどっちかに付き添う形を取れ。普段なら全員同時に席を立つのはどうかと思うが……今回はいい。なにか言われたら、俺の名前を出して構わない」

「そ、そんなにですか？」

「そんなに、だ」

「あと更衣室に着替えがあるなら、スカートじゃなくてパンツにした方がいいと思うよ」

「そっ、そんなにですか⁉」

「そんなに、だね」

龍悟と旭に同時に言われ、背中に嫌な汗が伝う。

今回の接待は、首都圏を中心に都市部でシティホテルの経営をしている社長の杉原《すぎはら》とその秘書、そして杉原の部下である役員との会食だ。

この度、杉原が新しくオープンした温泉観光地のスパホテルの一階と最上階に、グラン・ルーナ社が経営するレストランとバーが入ることで業務提携が結ばれた。契約に携わったグラン・ルーナ社の担当者たちとはすでに記念会食を終えたらしいが、先方が『一ノ宮社長ともぜひ』と申し出てきたのだ。

龍悟は面倒くさそうだったが、相手は龍悟が社長になる以前からルーナグループ全体が懇意にしている人物らしく、無下には出来ないようだった。

「私、杉原社長にはお会いしたことないんですよね……」

契約の提携に先立って催された会食に、涼花は同席していなかった。なぜなら。

「お前、インフルエンザで出勤停止中だったからな」

「……申し訳ありません」

龍悟の指摘に縮こまると、隣にいた旭が可笑しそうに笑う。

三人でエントランスから外へ出ると、入り口のロータリーには社長専用車が横付けされており、近くには専属運転手の黒木《くろき》が控えていた。

「割と早い段階で『会わない方が良かった』と思うよ。きっとね」

駄目押しで旭が忠告するので、涼花は後部座席に乗り込みながら苦笑いを零した。もちろん事前の助言通りにスカートスタイルからパンツスタイルに着替えてきている。

座席に腰を落ち着けてスマートフォンの通知をチェックすると、エリカから『明日のイベント、会場まで一緒に行くよね？　何時に集合する？』とメッセージが入っていた。

涼花は少し考えてから『仕事終わったら連絡するね。一番近い駅に集合でいいよ』と返信する。

ふと顔を上げると、隣に座っていた龍悟が窓の縁に頬杖《ほおづえ》をつきながら涼花の手元をじっと見つめていた。

「どうかなさいましたか？」

「いや、なんでもない」

涼花が首を傾げると、龍悟は視線を外して窓の外に顔を向けた。どうやら涼花がちゃんとイベントに行くのかどうか、監視されているらしい。

次に龍悟と目が合ったら『心配しなくてもちゃんと行きます』と伝えようと思う。もちろん助手席に座る旭には気付かれないように。

しかしそれから約束の料亭に着くまでの間、龍悟と視線が合うことはなかった。

＊　＊　＊

会食は和やかに進んでいた。ように思えた。

涼花は運ばれてきた海鮮料理と酌まれた酒を味わいながら、向かいに座る杉原社長の秘書と他愛のない会話をしていた。その涼花が隣にいた旭の肩にもたれかかって呻き声を零したのは、乾杯から一時間ほど経過した頃だった。

「え……秋野？　どうした？」

驚いた旭が会話を中断して心配そうに声を掛ける。だが涼花は口元を押さえて荒い呼吸を繰り返すことしか出来ない。血の気が引いた真っ青な顔が嘔吐《おうと》の気配にぐっと歪《ゆが》む。

「藤川さん……ごめ、なさい……なんか、気持ち悪くて……」

途切れ途切れに答えると大きく息を吐く。普段お酒に酔わないはずの涼花が、こんなにも簡単に体調不良になるなんておかしい。そのただならぬ様子に気付いた全員が、食事や会話を止めてぐったりとした様子の涼花に注目した。

龍悟が旭の背後からその様子を覗き込む。しかし口を開こうとした瞬間、涼花から一番遠いはずの杉原が最も事態を把握しているように大きな声を上げた。

「大変じゃないか！　気持ちが悪いなら、すぐに横になるべきじゃないかっ⁉」

「しゃ、社長……」

芝居がかった台詞を聞いた杉原の秘書が、彼を止めようとする気配を見せた。しかし杉原は自分の秘書の言葉などまるで聞こえていないように、

「横になるなら、上の階に休める部屋があるぞ。一ノ宮君、そこを使ったらどうかね⁉」

とストレートな提案をしてきた。

その台詞を聞いた龍悟は、すぐに白々とした表情になった。

（盛ったな……）

龍悟の心の声は、旭の考えと全く同じだったのだろう。隣で旭が明らかに引いたように表情を歪めて、眉間に皺を寄せている。

「今夜私が使う予定だった部屋だが、君の秘書に貸してあげよう」

「……いえ。具合が悪いようなので、病院に連れて行きます。杉原社長、申し訳ありませんが本日はこれで……」

「なにを言ってるんだ！　具合が悪いなら無理に動かすべきじゃない！　落ち着くまでそこで休めばいいだろう！」

「しかし……」

龍悟はなおも言い募る杉原の頭を空いた皿に押し付けて、そのまま黙らせてやりたい気分になった。

事前に確認した通り、席を外すタイミングには十分に注意していた。今日一日、涼花に具合が悪そうだった様子はない。もちろん簡単に酒に酔うはずもない。

しかしどういうわけか、涼花にだけ平素では起こらないような異変が起きた。杉原か彼の部下が、隙をついて涼花の酒か料理になにかをしたのは明白だった。

興奮気味にまくし立てる杉原をどう言いくるめれば良いかと考えていると、見ていた旭が助け舟を出してくれた。

「僭越《せんえつ》ながら申し上げます。杉原社長、秋野には食物アレルギーがあるのです」

「ア、アレルギー？」

「そうです。きっと気付かずに苦手な食材を口にしたのでしょう。ですから病院で処方された薬を飲むか点滴をしなければ、症状は治まりません。いくら横になっていても辛くなるばかりです」

旭が中年親父の淡い期待を握りつぶすよう懇切丁寧に説明すると、さすがの杉原も押し黙った。杉原が本当に涼花に薬を盛ったのなら『それはアレルギーではない』と否定したいだろうが、旭の説明を覆す根拠までは用意していなかったに違いない。

「ですよね、一ノ宮社長？」

「え、あっ、ああ、そうだ！　なんだ、秋野！　薬持ってきてないのか？　じゃあ病院に行くしかないな！」

龍悟が半分意識のない涼花に棒読みで話しかけると、それを聞いていた旭が横を向いて咳払いをした。顔を見ると前歯と唇の間に空気をためて震えているので、必死に笑いを堪えているとわかった。その態度に若干腹立たしさを覚えたが、彼へのお仕置きはとりあえず後回しにする。

「申し訳ありません、杉原社長。この埋め合わせはいたしますので」

「あ、いや……」

「行くぞ。歩けるか、秋野」

手早くタクシーの手配を済ませた旭に代わり、龍悟が涼花の身体を引っ張り上げる。しかし涼花は足にも力が入らず、歩くどころか立ち上がることすら出来なかった。

仕方がないので謝罪を入れてから身体を横向きに抱き上げる。その振動で再びウッと呻き声が出る。しかし吐きたくても吐けないのか、涼花の口からは苦悶《くもん》の声以外なにも出てこなかった。

店の入り口に到着していたタクシーの後部ドアが開くと、涼花を抱いたまま龍悟がそこに乗り込んだ。

「すごいストレートなやり口ですね。正直ドン引きしました」

「お前、顔に出すぎだぞ」

「そうは言いますけどね。向こうの演技も相当でしたけど、社長の演技もなかなかでしたよ？」

「……」

肩を竦めた旭からジャケットと涼花のバッグを受け取ると、座席の空いているスペースに放り投げる。旭も乗り込んでくるかと思ったが、彼は、

「調べておきますよ。盛られた薬と入手先。知らなきゃ今後、対策出来ませんからね」

とにこりと微笑んだ。

旭はこの後、解散した宴会場から空の薬包や飲食物の残りを回収して、食品研究部に成分の分析調査を依頼する。そして製薬会社のデータベースと杉原の交友関係を照らし合わせて、薬物の入手ルートを探るのだろう。

感心して息を吐く。この緊急時によく頭が回ることだ。

「病院に連れて行くんですよね？」

「……当り前だろ。俺は医者じゃない」

龍悟の考えを読んだのか、旭が意地の悪い確認をしてきた。

当然、旭は涼花の身体に起こっている変化に気が付いているだろう。なんせあのエロ社長が考えることだ。

龍悟の不機嫌そうな声を聞くと、旭はタクシーからそっと離れた。扉が閉まった先で、ひらひらと手を振られる。

（わかっている、が）

旭の言葉を脳内で反復しながら、運転手に会社から一番近い病院名を告げる。ここからだとかなり遠いが、社員の健康診断も一括で依頼している大きな病院なので、夜間の緊急

外来でも龍悟の顔がきくだろう。

「ん、うう……」

「秋野？　気が付いたか？」

「う……」

「……まだダメか」

腕の中で苦しそうに呻く涼花の様子に、龍悟はひとり苦悩した。

こんなことになるなら最初から涼花を連れてこなければよかった。確かに龍悟と取引がある人物と秘書である涼花が顔馴染《なじ》みになれば、今後の業務を円滑に運べるのは事実だ。しかし相手は選ぶべきだった。前回はインフルエンザだったのだから、今回も病欠だと適当な理由をつければよかった。自分がいれば大丈夫だという考えは、迂闊《うかつ》だった。

「ふぁ、……ん」

「まだどころか、これからか……」

だんだんと呼吸が荒くなってきた涼花の様子に、龍悟は再び頭を抱えた。

この状態の涼花を病院に連れて行って、医者になんと説明すればいいのだろう。顔見知りの病院のカルテにこの状態が記載されて残ることを、涼花は許容できるのだろうか？いや、そもそも病院に連れて行ったところで症状は治まるのだろうか？　点滴をして薬の濃度を下げれば効果は薄まるだろうが、辛い身体の疼きは確実に残るだろう。

「悪いな、秋野」

身体を抱く腕に力を込めると、運転手に行き先の変更を告げる。ここからだと病院よりは早く到着できるはずだ。

タクシーが車線を変更すると、車体の動きに揺られて涼花が胸に寄りかかってきた。まるで龍悟に助けを求めて縋るような動きだが、実際は涼花の意思とは関係がない。

その事実に気付くと、龍悟の眉間の皺はさらに深いものに変わった。

＊＊＊

足で寝室のドアを押し開けると、ベッドの上に涼花の身体を静かに下ろす。空調を整えてカーテンを引くと、いつ嘔吐してもいいように洗面器と水差しを用意する。その間に薬学部で研究医をしている友人に連絡を取って状態の把握を試みたが、結局『状況と症状から、催淫剤の類である可能性が高い』という以上の情報は得られなかった。

見慣れた自分のベッドに仕事でしか会わない涼花が横たわっているのは奇妙な光景だ。その目は未だ開かず、始めは青白かった顔が今はうっすら赤く色付いている。息苦しそうに身体を揺らす様子を見ると、決して楽になっていないとわかる。

龍悟が傍に腰掛けるとベッドが沈む感覚に気付いたのか、涼花がそっと目を開けた。

「吐きそうか？」

きっと頭が回っていないだろうと考え、無駄な説明を省いて涼花の身体を楽にすることを優先する。

龍悟の問いかけに開けたはずの瞳がゆっくり閉じられ、再びゆっくりと開く。どうやら朦朧としているらしく意識の置き場さえ判然としない様子だが、ほどなくして涼花は無言で首を横に振った。

「辛いか?」

急を要するような吐き気は治まっても、相変わらず呼吸は荒い。涼花は次の問いにも応答に時間を要したが、今度はこくん、と顎を引いた。

「とりあえず上着は脱がすぞ」

呼吸がしやすいように上着を剝ぎ取ると、シャツのボタンを二つだけ外す。少しは呼吸が楽になったかと様子を確認すると、涼花は覚束ない指先を動かして三つ目のボタンも自分で外そうとしていた。

「おい、秋野……!?」

驚いた龍悟が名を呼ぶと、涼花がぼーっと視線を上げた。それからうわ言のように、

「……あつい」

と呟く。

「から、だ……あつ、ぃ……」

涼花が切なそうに訴えるので、逡巡《しゅんじゅん》の末にボタンを外すのを手伝う。全てのボタンを外して前立てを開くと、涼花は先日と異なりインナーにキャミソールを着込んでいた。

なるほど、暑いわけだ。しかしこれも気遣いと自己防衛からの忍耐なのだろうと気付き

龍悟は密かに感服する。

「脱がせてやるから腕上げろ。出来るか？」

「しゃ、ちょ……」

「暑いんだろ？」

龍悟の確認に、涼花は再度顎を引いた。

吐き気はないようなので、涼花の身体を起こすと背後に回る。案の定支えがないとほんの数秒も安定していられないようで、胸を貸すとすぐに体重を預けてきた。

「ほら、脱がせるぞ」

断りを入れるとシャツを完全に脱がせてキャミソールを捲《たく》し上げていく。脱力した腕を操って頭から薄いインナーを剝ぎ取ると、龍悟の目の前には以前も目にした豊満な膨らみが姿を現した。

先日のオレンジ色の下着ではなく、今日は薄いラベンダー色に花の刺繡《ししゅう》が施された下着を身に着けている。その下着の後ろの留め具を外すと、弾けるように胸が揺れる。龍悟は涼花の胸を注視しないよう視線を逸らすと、自然に生じた生唾をごくりと飲み込んだ。

呼吸を楽にするだけであれば、締め付ける下着を取り払えばいい。だがそれだけで涼花の身体が楽になったようには見えない。頰を紅潮させ、目を閉じたまま荒い呼吸を繰り返し、時折鼻にかかったようなか細い声が漏れる様子を見て『楽になっている』と判断する人はいないだろう。

おそらく涼花は催淫効果のある薬物を使われた可能性が高い。解毒方法がわからない以上、この苦しみに耐えながら薬効が薄まるまで時間の経過を待つか、実際に行為をするしか楽になれる方法はないだろう。

龍悟は二つの分岐路に立たされていた。

一つは、このまま涼花に自分の寝室を貸すという選択。身体の疼きは自分で処理させ、万が一吐いたりシーツを汚したりした場合は、それは後で洗濯をすればいい。

もう一つは龍悟が涼花を慰める選択。意思は確認できないかもしれないが、これから薬の作用が強まって身体がどんどん辛くなっていく可能性を考えると、それが最も手っ取り早くて確実に楽になれる方法だろう。それにもし容体が急変しても、傍にいれば即座に対応することが出来る。

「……はぁ」

選択肢は二つしかない。答えを決めかね、悩み迷う。それが涼花のためだとしても、どちらも正解でどちらも不正解な気がする。

ふと我に返ると、自分が再び白い肌に目を奪われていることに気付く。

「……秋野」

何度考えても龍悟の思考はいつの間にか後者に引っ張られる。そうしている間にも腕の中にいる涼花の体温はどんどん上昇してきている。

だから龍悟は自分の選択を受け入れる覚悟を決める。涼花の身体の疼きと龍悟の気持ちが一致しているのならば、もう腹を括って事実を受け入れるべきだろう。

「秋野……悪いな」

涼花の両脇から手を入れて、そっと大きな膨らみに触れる。抱えるように下から持ち上げてみると、まるでつきたての餅のような白さと重量感がある。

指に力を込めると涼花の身体がピクリと反応した。膨らみの中心にある突起も立ち上がりはじめ、やがて食べ頃を迎えた果実のようにぷくりと実り始める。

完全に背中を預けさせると、涼花の首がこてん、と龍悟の胸に落ちてきた。そのあどけなさが残る顔を眺めながら胸の先端に触れると、眠ったと思った涼花の身体は大袈裟《おおげさ》なほど過剰に反応する。身体がビクンッと跳び上がる。

「んんっ……」

龍悟が、むにゅ、ふにゅ、と胸を摑むと、涼花は与えられる快感を追いかけるように切ない吐息を零し始めた。その反応にはまだ初々しさがある。まるで意識の定まらない純朴な秘書を弄んでいるように錯覚し、罪悪感を覚えてしまう。

「あ……はぁ、……は、んぅ……、ぁん」

涼花は胸を揉みしだかれても意識がはっきりとしない様子だったが、荒い呼吸の中に鼻にかかったような艶めかしい吐息が混ざり始めた。龍悟は手の位置を変え、膨らんだ突起をピンと指先で弾く。

「ひぁあっ」

涼花の身体が鋭い刺激に驚いた子兎《こうさぎ》のように跳ねると、すかさずその突起を攻め始める。前回気持ち良さそうにしていたことを考えると、涼花はこの刺激を好むのだろう。

「んぅ、んっ、ぁ、あっ……」

「……敏感になってるな」

「ぁ、あッ……ん、……ぁあ！」

涼花の胸の突起をきゅうと摘み、くりゅくりゅと転がすと、その喉からはさらに艶を含んだ声が溢れ出す。まるで涼花の全身が気持ち良いと悦んでいるようだ。その証拠に、愛《あい》撫《ぶ》のたびに乳首はさらに尖り、より強い刺激を強請るように色付く。

「ゃあ、あッ……ふぁ、あぁぁっ！」

しばらく胸の突起を刺激していると、涼花は龍悟のシャツを握りしめながら全身を震わせて達してしまった。胸への刺激がよほど気持ちよかったのか、薬が性感を高めているのか、涼花の身体は絶頂を極めるのが早かった。

龍悟のシャツにしがみつき、高まった快感を逃すように身体を悶《もだ》えさせて果てる様子は、思わず息を飲むほど艶めかしい。

「お前は、俺の理性をなんだと思ってるんだ……」

涼花の腰からベルトを取り払いながら、おそらく聞こえていないだろう耳元に呟く。

ホックを外してファスナーを下ろすと、その奥からは胸を包んでいたブラジャーと同じ色のショーツがちらりと垣間見えた。龍悟は涼花の腰を浮かせると、ベルトが絡まったまま

のパンツをそのままずるりと引き抜いた。

「……かなり濡れてるな」

脱がせたパンツの方は確認していないが、肌に残ったショーツの中心に指を持っていくと、案の定ぐっしょりと濡れている。一瞬失禁してしまったのかと錯覚するほどだ。

龍悟は胸への愛撫を中断し、再び自分の胸で涼花の体重を預かった。涼花は酸素を求めるように再び荒い呼吸を繰り返している。

龍悟は再度頭を抱えた。性感帯に触れられると気持ちがいいのは確かだろうが、そうは言ってもたかが人の指の動き。それもそこまで執拗に責めたわけではないのだから、普通ならこんな感じ方はしないはずだ。となるとこの反応は、やはり薬の作用と思われる。

「危ないもん飲ませやがって……」

もちろん杉原が個人で開発したものではないだろう。だが金を積めばこんなものが手に入るのかと思うと、危険を感じずにいられない。

「ん……」

龍悟が考え込んでいる間に涼花の呼吸は少しずつ安定してきたようだ。

吐き気がないことを確認すると、薄く色付いた太腿をそっと指先で辿る。

「……あ、っふ……」

小さな吐息を零す様子を確認しながら、するするとショーツを剝ぎ取っていく。そのまま完全に下着を取り払って股の間に指を滑り込ませると、涼花の身体の中からは蜂蜜のような愛液がとろとろと溢れ出していた。

　その滴る蜜を、長い指にねっとりと纏わせていく。指先が十分に濡れたところで蜜口に指を沿うと、そのままつぷ、と中に潜り込ませた。

「ひゃぁ、ん」

　胸への刺激から解放されて力が抜けていた涼花は、侵入してきた龍悟の指に驚きの声を上げげた。だが仰け反った背中は龍悟の胸を軽く押すだけで大きな抵抗にはならない。

「あ……っ……あぅ……ん」

　付け根まで中指を埋め込むと、すぐに第一関節まで引き抜く。指の抜き差しに合わせて、涼花の蜜壺からはくぷくぷと濡れた音と濃い蜜泡が溢れ出す。再び指を沈めると涼花は身体をくねらせて切ない声を漏らすが、龍悟は構うことなく丁寧にかき混ぜ続けた。

「ふぁ、……あっ、あ、ぁ……」

　濃い蜜が龍悟の手をどんどん湿らせていく。蠢く蜜筒は指の動きに合わせて敏感に反応し、抜けていく指を引き留めるように絡みつく。その指先を抜き切ってしまわぬうちに再び埋めると、涼花の蜜壁は快感に悶えてヒクヒクと痙攣《けいれん》した。

　円滑に指の抽挿が可能になったところで、差し入れる指を二本に増やし、指の腹で蜜壺の内壁をぐっと押し広げる。ざらざらした箇所を探り出して、弱い場所を潰すようにぐりぐりと擦り撫でる。

「んっ、ぁ、あぅ、やっ……やぁ、あ、ぁん……ン、ぁ」

「すごい声だな……」

龍悟の指の動きに合わせて、涼花は我を忘れたように喘いだ。

与えられた刺激を受け入れ、意識が薄れても的確に快楽を捉えて全身で感じる涼花の姿は、普段の生真面目な様子からは想像出来ないほどに淫らで艶めかしい。時折うっすらと目を開けて龍悟の顔を見上げるが、思考はあまり働いていないようだ。龍悟が指を動かしても、とろんとした表情のまま甘ったるい声を零し続けている。

「あっ、やぁッ……あぁ、あぁぁッ……」

さらなる快感を与えるために指先の動きを速めると、涼花はふるふると身体を震わせて再び絶頂を迎えた。達した涼花の蜜口は龍悟の指先を離さないとでもいうように、きゅうきゅうときつく収縮する。

シーツを握りしめて甘く啼《な》く涼花に、思わずごくりと唾を飲む。普段はあまり表情を変えない涼花が乱れる痴態は、胸の奥にある密かな感情と股の間の雄を直に刺激した。

くたりと脱力したところで指を抜くと、埋めるものを無くした入り口が寂しいと言わんばかりにひくひくと蠢いた。

「まだ達き足りないか？」

耳元で問いかけても涼花の返答はないが、再び蜜壺に指を差し挿れると龍悟の指先はすぐに再燃した内壁にきゅう、と締め付けられる。

「あぁ、あっ、あ……ふぁッ、ん……んぅ、ぅん――！」

　同じ場所を強めに刺激すると、涼花はすぐに火が付いたように身体を震わせた。ぐちゅぐちゅと激しい水音に嬌声が重なる。蜜孔の上壁にある場所を擦るように撫で続けると、今度は秘部からぴしゃっと噴水のように水を溢れさせながら、あっけなく達してしまった。

　連続で三度も達するとさすがに力が入らないのか、涼花はぐったりと脱力してしまう。

龍悟が涼花から身体を離し、疲労した身体をベッドに横たえようとすると、涼花は自分の肩越しにぼんやりと龍悟の顔を見上げてきた。

「しゃ……ちょ……」

「ん？」

　涼花に呼ばれその顔を覗き込もうとしたが、直後に下腹部に違和感を覚えた。

「……ッ！　おいっ……」

　涼花は腰をくねらせ、龍悟の股間にスリスリと自らのお尻を擦りつけていた。スラックス越しに涼花のお尻の丸みを感じ、龍悟は思わず腰を引いてしまう。顔を見ると涼花は再び目を閉じていた。だからこの行動さえも無意識のものなのだと理解できる。

　龍悟は再度困惑した。自分の下半身が涼花の乱れる姿に反応して破裂しそうなほどに膨れ上がっていたことは、とうの前に自覚していた。

　だがそれはあくまで龍悟の都合だ。今の涼花に無理をさせるつもりは毛頭なかったので、自らの下半身の状況は涼花が落ち着いた後、自分で処理しようと考えていたのに。

　息を詰まらせ、その息を深く吐き出し、それから涼花の身体をぐいっと抱き寄せる。

「お前……俺にどうしてほしいんだ？」

龍悟は妙な緊張感を覚えながら、涼花にそっと訊ねた。

耳元でなにか問われたことに気付いた涼花が、やや間をおいてそっと目を開ける。しかし『はぁ』とため息に似た熱い吐息を漏らしても、結局それ以上はなにも言えずに龍悟の瞳を見つめるだけだ。

龍悟は言葉を探したが、この期に及んで涼花に判断を委ねようとするなど浅ましい考えだと思い至る。もちろん龍悟がどんな結論を出し、どんな行動を取っても、涼花は龍悟を責めないだろう。むしろ恐縮して自ら謝罪してしまう性格なのも熟知していた。

けれど涼花が謝る必要はない。こんな事態を招いた責任は、全て龍悟にあるのだから。

「まだ辛いんだろ？」

もしここで涼花が首を横に振るなら、それで止めればいいだけだ。けれどももし頷くなら

——そう結論付けようとしていた龍悟よりも早く、涼花の首は縦に動いていた。

涼花から全ての衣服を取り払うと、龍悟も邪魔なものは全て脱ぎ去る。シーツの上に涼花の身体を横たえて両脚を開かせると、濡れた蜜口へ反り立つ欲望の先端を宛がった。

雄の存在を感じ取ると、涼花の身体がぴくっと小さく反応する。その仕草を見届けると、愛液がじゅわりと零れてくる泉の中へ先端から慎重に埋めていく。十分に濡れてほぐされたそこは予想よりも容易く猛った熱塊を飲み込んだ。

「あ、あぅ……ぁ……ん」

涼花はシーツを握りしめて圧迫感と快感に懸命に抗っていた。切なく声を詰まらせる涼花の白い喉元に、思い切り噛み付きたい衝動が芽生える。けれどそれ以上に深く穿《うが》ちたい雄の性が勝り、龍悟は怒張した熱竿をぬかるみの中へ一気に突き立てた。

「ひぁ……ああっ、ん！」

「っ……狭いな……俺の方が、持っていかれそうだ」

熱を持った膣内が、絡みつくように雄竿を包み込んでくる。あまりの快楽に油断すると我を忘れて腰を振ってしまいそうになる衝動を抑え、龍悟はゆっくりと、けれど奥深くまで陰茎を埋めていく。

「あ、あっ、っぁあん……！」

最奥に到達したので一度引いた腰を再び深く埋めると、涼花はその刺激だけで簡単に達してしまった。しかし小刻みに腰を動かして最奥をトントンと叩くと、脱力した蜜壺はまたすぐに締め付け始める。その反応の速さに、龍悟はひとり気をよくした。

「あっ、ぃ……いたっ……！」

「！　秋野……？」

再び動こうとすると、涼花が突然小さな悲鳴を上げた。すっかり甘い痺れに酔い痴れていた龍悟は、その鋭い声に一瞬で我に返る。

薬の効果が切れたのかと思ったが、涼花が痛みを訴えたのは二人が繋がった結合部ではなく、自らの頭の上だった。自分の後頭部に触れようとゆるゆると手を動かす様子をみて、龍悟はすぐに納得の声を漏らした。

「ああ、そうか……髪、結んだままだったな」

前回ホテルで身体を重ねたときはほどかれていた髪が、今日はしっかりと結われてまとめられている。涼花はいつも身だしなみにもきちんと気を配っていて、結った髪は後れ毛の一つもないようゴムに加えていくつかのピンも刺さっているのだ。それを思い出し、つい苦笑いを零してしまう。

「さすがにこれの外し方はわからないぞ」

撫でるように涼花の頭に触れる。今はすでに毛束がほぐれて数本の髪が零れ落ちているが、髪を止めるピンがどこにどう施されているのかまでは、男の龍悟にはわからない。間違って変な方向へ引っ張れば髪を痛めてしまうかもしれない。ならばとりあえず今は諦めて、後でシャワーを浴びたときに取ることにする。

「秋野、身体起こすぞ。気持ち悪くなったら言ってくれ」

「ふぁ……⁉」

龍悟は涼花の身体を抱き起こすと、互いの身体の位置を器用に入れ替えた。挿入したまま動いたので一瞬抜けそうになるが、身体を支える手をゆるめると自分の重さに耐えられなくなった涼花の腰がゆったりと落ちてくる。その動きに合わせて、蜜壺のより深い場所まで龍悟の昂った陰茎も飲み込まれていく。

「あう……っふ……ぁん」

「く……っ」

自重で最奥を突かれた涼花の中がびくびくと収縮する。その刺激で膣口を締め付けられると、龍悟の雄もさらに硬さと質量を増していく。

そのままゆっくりと腰を浮かせて突き上げ、すぐに引いてはまた突き上げる。大きな熱の塊に穿たれた涼花は、全身で感じて啼いて乱れた。

「あ、んぅ……しゃ、ちょぉ……おく、ぁん……おくっ、きもち、ぃっ」

「ああ……すごい眺めだな」

あまりの光景に思わず感嘆してしまう。

部屋の灯りが涼花の白い肌を照らしている。大きな胸がふわふわと揺れる様子と『社長』と呼ぶ甘い声が視覚と聴覚を占領する。龍悟の思考から、理性をゆっくりと切り崩していく。

淫らに揺れる身体を逃さないように腰を掴まえてさらに激しく責め立てると、涼花は胸を突き出すように身体を仰け反らせた。

「あ、っあ……ぁん、んっ」

「……っ、締めすぎ、だろッ……」

「あん、あっ……はぁ……ふぁあっ」

ずぷ、ぐぷ、ぬぷ、と抽挿に合わせて愛蜜が泡立つ。触れ合っている肌から温度が伝わり、動くたびにふわりと甘い香りが広がる。腕の中にいる小さな存在が色香を放って乱れる度に、龍悟の性感もさらに高められる。

涼花の小さなお尻を両手で包むように摑むと、さらにスピードを上げる。淫らに動く身体をがっちりと摑まえて正確に突き上げると、ぐちゅ、ずちゅっと水音が溢れて肌同士がぶつかる音が響いた。

「秋野……っ……！」

「や、ゃあ……ぁん、んぅっ……！」

名前を呼びながらくんっと腰を突き入れると、涼花の身体により一層強い力が入った。龍悟の精を貪ろうとしているのか、繋がった結合部も内壁も絡みつくように収縮して、腰が淫らに揺れ動く。

「ふぁ、あっ……ん！」

「……く、ッ！」

「ああ、あっ、あぁぁっ……」

激しい音が部屋中に響き、その音に導かれるように涼花の身体も痙攣した。再び全身を震わせ、剛直を食いちぎりそうな勢いで蜜孔が収縮する。その蠢きは龍悟の精を吸い上げて最奥に迎え入れたがっているのではないかと錯覚してしまうほどだ。

秘部が収縮する刺激に酔い、いつの間にか龍悟も夢中で腰を動かしてしまっていた。龍悟が薄膜の中へ精を吐き出し終えてハッと我に返ると、涼花は意識を失って腕の中で事切れるように眠っていた。

　力が抜けた涼花の中から幾分か収まりかけた欲望をずるりと引き抜くと、シーツの上へ身体を下ろして様子を確認する。呼吸はまだ乱れていたが、今度は身体を揺らしても名前を呼んでも涼花は目覚めなかった。

＊　＊　＊

「ん……？」

いつものアラームを遠くに聞いた涼花は、重い瞼を開いてゆっくりと視線を彷徨《さまよ》わせた。スマートフォンは枕元に置いているので、アラームは頭上から聞こえるはず。しかしなぜか、今日は足元から音が聞こえる。

　不思議に思って起き上がろうとしたが、その瞬間全身に重い痛みが走った。

「!?」

　起き上がれない。下半身に力が入らない。特に下腹部の違和感が著しい。その感覚は筋肉痛にも生理痛にも似ているが、痛みというより足の付け根の周辺が感覚を失ったように鈍麻している気がする。

　身体の状態にも戸惑ったが、首を動かして室内を見回した涼花はさらに仰天した。

「え、ここ……どこ？」

視界に映るのは全く身に覚えのない部屋だった。カーテンが閉められているので室内は薄暗いが、その上下からは朝日が漏れ出している。部屋には涼花がいるベッドの他に、クローゼットらしき格子のついた大きな扉と出入り口となるドアがあるだけで、他には一切なにもない。

自宅ではない空間で目覚めたことに動揺を隠せない。だからまずは時間と場所を確認したいと思うが、身体が動かない。

どうしよう、と焦っていると、入口のドアがカチャリと音を立てて開いた。驚いて首を動かすと、ドアの向こうから姿を現した龍悟と目が合った。

「しゃ、社長……？」

「ああ。おはよう、秋野」

「お、おはよう……ございます……？」

つられて朝の挨拶をするが、状況はいまいち把握できていない。

涼花の驚きと戸惑いの様子を見た龍悟は、ふっと笑うと、

「身体は平気か？　起き上がれるか？」

と訊ねてきた。

その質問に、涼花はどう答えたら良いものかと悩んだ。大丈夫かと問われれば、大丈夫ではないが……なぜ大丈夫ではないのか、自分でも理由はわからない。

そうしている間も、スヌーズ機能が作動した涼花のスマートフォンはずっと鳴り続いて

いる。どうやら龍悟はこの音に気付いてここへやってきたらしい。

龍悟は足元に置いてあったバッグの中からスマートフォンを取り出すと、それを涼花の手元に戻してくれた。スヌーズ機能を停止させて日付を確認する。六月十一日、金曜日。時刻は涼花がいつも起床するタイミングとほぼ同じ、午前六時四分。

「社長、ここはどこですか？」

「……ここは俺の家だ」

「⁉」

思いもよらない回答に、涼花の思考と動作はピタリと停止した。ベッドの端に腰を掛けた龍悟は、未だに起き上がれない涼花の顔を覗き込んで心配そうな顔をする。

「昨日のことは覚えてるか？」

「え……っと、杉原社長と役員の方々との会食、でした」

「そうだ。じゃあその後のことは？」

問われて再度考える。昨夜の酒席では目の前に座った杉原の秘書との会話がほとんどだった。運ばれてきた貝の御造りが美味しいですね、と話した記憶はある。だがそこから先の記憶がごっそり抜け落ちたみたいに、いくら考えてもなにも思い出せない。

断片的に龍悟の顔を見上げた覚えはある。それから、なにかを話している旭の声も。

「……」

思い出せるのはそれぐらいだ。後は今この瞬間まで記憶が一気に飛んでいる。

「あの……もしかして私、酔い潰れてしまいましたか？」

アルコールに酔うなど今までの人生で経験したことがなかったが、もしかしてその最初が、昨日だったのかもしれない。咄嗟に大失態を犯してしまったと思ったが、龍悟はすぐに涼花の考えを否定してくれた。

「秋野、落ち着いて聞いてくれ」

「……はい」

「お前は昨日、薬を盛られたんだ」

龍悟の説明を聞いた涼花の思考が徐々に減速する。聞いた言葉を頭の中で反芻する。不安げな龍悟に対してなにか反応しなければと思ったが、なにも思い浮かばない。

「詳細は旭が調べてくれているが、おそらく性的興奮剤の一種じゃないかと予想してる」

「えっと……それは……？」

「端的に言うと媚薬《びやく》だな」

あっさりと言い放ったその言葉には驚きを隠せない。今度こそ本当に言葉を失った涼花に、龍悟は目を合わせるのも忍びないといった様子でなにもない空間を見つめた。

「医者に連れて行くことも考えたが、あの状態のお前を他人に晒すのもどうかと思って……結局は俺の部屋に……」

「！」

龍悟の萎縮した態度を見て、それ以上は言葉にしなくても理解できた。身体が動かない理由にも合点がいく。冷たさを感じていた全身の温度が一瞬で熱さに変わる。顔から火が出そうなほど恥ずかしい心地を覚えたのは、先週末の龍悟との行為の一部始終を思い出してしまったからだ。

涼花の恥じ入った様子を見て、龍悟も涼花が前回の出来事を思い出していることに気が付いたようだった。

「悪かった。……これは、俺の責任だ」

龍悟の謝罪の言葉に、涼花はハッと顔を上げた。

事前に忠告されていたにもかかわらず、警戒心もなく出された料理や酒に口をつけたのは涼花が悪い。しかしそれらは見た目も味も至って普通だった。妙な薬が入っている可能性など、説明されるまで考えもしなかった。

だが出された料理や酒に一切口をつけず断ることは出来ない。ただの秘書でしかない涼花にそんな無礼は許されない。ゆえに自分が悪いと思っても、知ったところで回避することはできない。今また同じ場面に戻ったとしても、同じ状況にならないとは涼花にも断言できないのだ。

もちろん龍悟が謝る必要はない。不測の事態が起こったときに判断を誤って事故が起これば、上司が責任を取るのは世の常だろう。龍悟の言う通り、確かに責任は彼に生じる。

でも、そうだとしても。

「コンプライアンスに訴えてもいい。ハラスメント相談室の番号は知ってるだろ？」

「え、ちょっ……しゃ、社長は悪くないですから。ああ頭下げないでくださいぃぃ！」

社長のつむじなど見たことがなかった涼花は、頭を下げた龍悟の態度に慌てふためいた。

確かに龍悟には責任があるかもしれない。だが過失はない。だから涼花に頭を下げる必要などない。元より涼花は龍悟の駒であり、道具の一つでしかないのだから。

涼花が必死に説得し続けると、龍悟はようやく顔を上げてくれた。普段は他を魅了するほどの人の良い笑顔で、時に野心を覗かせる端正な顔立ちが、今は焦りと自分への失望が入り交じった苦悶の表情を浮かべている。

龍悟がそんな顔をする必要はない。そんな表情など見ていられない。

「大丈夫ですから……本当に」

涼花が謝罪を止めるよう求めると、龍悟は少し困ったように笑ったが、もう頭は下げなかった。過度の謝罪は引っ込めてくれたようだ。

「秋野。これは俺の責任だ。いくら責めてくれても構わない……だが」

ふと伸びてきた龍悟の手が、涼花の髪をするりと捉える。龍悟の指の間から長い髪がさらさらと流れていく。

「辞めるなんて、言うなよ」

龍悟の切ない声に、涼花は心臓を掴まれたように錯覚した。弱々しい態度とは裏腹に、まるで獣のような瞳で涼花を見据え、獲物の動きを封じるように低い囁きを零す。

涼花はふと、龍悟の黒い瞳の中に自分の姿が映っていることに気が付いた。鏡のような黒い湖面には、じっと獣の爪先を待ち望む自分が佇《たたず》んでいる。心のどこかで、その獰猛《どうもう》な牙に奪われることを期待している自分がいる気がする。

「だいじょうぶ、です。言いませんよ」

震える声で否定すると、龍悟の目から獣の輝きが消えていく。そしていつもと同じ優しい笑顔で「そうか」と呟くと、涼花の髪からゆっくりと手を離した。

龍悟に支えてもらってどうにか起き上がる。身体は動きにくいが、強い痛みはない。頭痛や吐き気を問われるが、それもない。筋肉痛のような重だるさを除けば、他の体調不良は特に感じなかった。

雲のように柔らかなベッドから身体を起こすと、ふと自分が身に覚えのないシャツを着ていることに気が付いた。

「ああ、悪いとは思ったが、風呂にも入れさせてもらった」

「えっ……⁉」

「髪を留めていたゴムとピンは、外して洗面所に置いてある」

涼花の困惑に気付いた龍悟が、すぐに説明してくれる。涼花の身体より随分と大きい白いシャツは、やはり龍悟のものらしい。着替えどころか風呂の世話までさせてしまった、という現実を受け止められず両手で顔を覆い隠す。穴があったら入りたい。

と思うも束の間、自分の顔に触れたことでさらに重大な事実に気付いてしまった。

「お、お見苦しいところを……申し訳ありません」

「ん？　ああ、化粧のことか？」

両手で顔を覆う姿を見て、涼花の内心を察したようだ。笑顔を浮かべた龍悟に、

「お前、化粧しなくても可愛いよ」

と耳元で優しく囁かれ、思わず照れてしまう。

きっとその台詞は、この部屋に来たことがある全ての女性に言っているに違いない。頭ではわかっているのに密かに嬉しくなってしまう感情を必死に覆い隠す。

「今日は仕事は休め。出勤前に家まで送ってやるから」

「え、でも……」

「その身体で出社しても仕事にならないだろ」

「う……はい。……わかりました」

龍悟に諭され、涼花は渋々従うことにした。確かに出社したところで席から一歩も動けないのでは使い物にならない。

本当は身体の心配をしているのだろうが、そう言っても涼花が平気だと言い張るのを見越しているに違いない。そんな性格を見抜いて先手を打たれると、涼花は黙って従うしかなかった。

龍悟の部屋を揃って出ると、駐車場にあった彼の愛車の助手席に乗り込む。

車が発進してしばらく経った頃、龍悟が思い出したように「あぁ」と呟いた。涼花が龍悟の顔を見上げると、少し不機嫌そうに、

「今日の合コン、行くなよ」

と言い含められた。

そんな馬鹿な、と思いながらもちゃんと言葉で否定する。

「行きませんよ」

会社を休む分際でその日のうちに合コンなど行くはずがない。それに身体が思うように動かないのだから行けるはずもない。そもそも合コンではないと言っているのに。

エリカに謝罪とキャンセルの連絡をしなきゃ、と思いバッグからスマートフォンを取り出す。ふと真っ暗になったスマートフォンの画面に龍悟の横顔が映ったので、涼花はなんとなく龍悟の横顔を盗み見た。

合コンに行くな、と窘《たしな》める声が鋭かったので、てっきり怒っているのかと思った。だが見上げた龍悟の横顔が想像より上機嫌だったことが、なんだか少しだけ不思議に思えた。

＊　＊　＊

「おはようございます、社長」

龍悟が執務室へ入ると、旭がすでに出社して自分のデスクでなにかの作業をしていると

ころだった。

「悪いな、旭。今日は秋野は休みだ」

「まぁ、そうでしょうね」

朝の挨拶と共に告げるが、旭は特に驚いた風もなく龍悟の言葉をすんなり受け入れた。

旭のPC画面を後ろから覗き込むと、そこには『メールを送信しました』とメッセージが表示されている。宛先は同じルーナグループの中でも特に大規模な研究施設を擁する『アルバ・ルーナ社』の食品研究部ラボ室だった。

「昨夜は遅かったので提出は今朝済ませました。先ほど了承のメールを頂きましたので、気長に待ちましょう。ラボも忙しいですからね」

「悪いな、まかせきりで」

「いえいえ。で、エロ親父ですが、近親者に製薬会社の相談役をしている人がいるようですね。しかもその会社の株式を個人資産としていくらか所有しているようです」

「はぁ……十中八九それだろうな」

旭の説明には呆れたため息しか出なかった。予想はしていたが、やはり薬の出所には製薬会社が絡んでいる可能性が高いようだ。

これが素人がその辺に生えている雑草をすり潰して作ったものなら話は簡単なのだが、製薬会社の手が入った正規の薬品かそれに類似するものならば薬の成分も巧妙に隠されているだろう。それに警察のような捜査権限のない一般人が正確な入手ルートを調べることも難しい。自分の管理下にない人間が秘密裏に行う取引など、止めさせることはほぼ不可能だ。

「こっちはどうしようもないな。証拠がなきゃ手は出せない」

龍悟の唸り声を聞いて、旭もお手上げだと身体を伸ばした。旭の動きに合わせてワークチェアの背もたれの金具がギギッと悲鳴を上げる。

「あとはラボの報告から薬の特徴が出てくるのを待って、その都度対策するのと……あのエロ親父の前に涼花を連れて行かないようにするしかない、ですかね」

旭の声に同意して頷く。薬物への対策のしようがない以上、当面は涼花を遠ざける以外に回避手段はない。

自分の席に腰を落ちつけた龍悟は、ふと杉原に『埋め合わせする』と言い残してきたことを思い出した。咄嗟にそうは言ったが、正直なにもしてやりたくはない。

「そういえば、そろそろＧＬＳのパーティーだな」

スケジュール管理システムを開こうとして気がつく。

ＧＬＳとは『Grand Luna to Stella』の略で、グラン・ルーナ社が経営する飲食店の中でもスイーツに特化したビュッフェ型のレストランだ。質の良い旬のフルーツをふんだんに使ったケーキやタルトが人気で、ウッド調のオープンスペースに並べられたこだわりの調度品もＳＮＳ映えすると店の人気を後押ししている。店内の至るところにあしらわれた緑の色彩が開放感と自然の癒しを醸し出しており、ランチタイムは女性に、ディナータイムはカップルに人気がある。

GLSの新店オープンは今年二店舗目、年度が変わってからは初めてだ。オープン記念のレセプションパーティーには日頃から親交のある人々を招待しており、件の杉原にも取引先枠で声を掛けている。

このタイミングで杉原をパーティーに招きたくはないが、招待状はすでに送った後だ。

「リストから弾きますか？」

旭の問いかけに唸りながら息を吐く。

彼の言うように問題があるとわかった人物は出入りできないよう手配するのが一番だが、現状ではその『問題』を証明する証拠がない。それにこちらから招待状を送っている手前、今さら取り消すのも難しいだろう。

「秋野だけじゃなく、他の女子社員や従業員もいるからな」

「取引先やメディアの出入りもありますしね」

「ああ。だから弾くなら自然な理由でやるのが一番だが……骨が折れるぞ」

「なんとか考えときますよ」

旭が口の端をわずかに上げて、龍悟の考えを肯定する。その仕草を見た龍悟が「頼もしい奴だなぁ」と呟くと、彼が意外そうな声を出した。

「お怒りじゃないんですね」

「怒ってるに決まってるだろ。本当なら全部の契約切ってやりたい気分だよ」

怒ってるに、決まっている。今回は旭の機転もあり涼花が手籠めにされることはなかったが、危うく彼女が巻き込まれるところだったのだ。次に杉原の顔を見たら無意識に殴ってもおかしくはない程度には怒っている。

「けど、それじゃなにも解決しないだろ。ホテルのレストランではうちの従業員だって働いてるんだ」

とはいえ野放しにしておくわけにも行かない。祖父の代から世話になっている人だとしても、今のグラン・ルーナ社の社員や従業員に危害を加えるような人物だと分かった以上、相応の制裁を与えてしかるべき対処をしなければいけない。

不意に涼花の苦しんでいる様子を思い出す。守れてよかったと思う反面、もし具合が悪くなったときにその場に自分がいなかったらと思うと背筋が薄ら寒い。その寒気が収まれば、今度は腹の奥底から怒りが湧き起こってくる。

昨日からこの感情の繰り返しだ。その怒りの衝動を抑えようと努めている反動か、旭にはあまり怒っていないように見えるらしい。だがそんなことはない。

準備の期間を設けるだけだ。龍悟は完璧に情報を収集し、緻密な計画を立て、幾重にもシミュレーションを繰り返し、確実に実行に移す戦略を好む。

「いずれちゃんと潰すよ」

「……社長、怖いですよ」

溢れる怒りを抑えずに低く呟くと、旭が目を合わせないまま息を詰めた。旭が冗談ではなく本当に怯えたように言うので、龍悟は怒りを仕舞い込んでフッとため息を零した。

「ていうか、アレだな。今日、秋野いないから煙草吸えるな」

「いいですけど、たぶんバレますよ。涼花、鼻いいし」

龍悟の提案を聞いた旭が控えめに便乗してきた。

普段『執務室』と呼んでいるこの部屋は正確には『秘書執務室』で、本来社長が業務を行う『社長室』はすぐ隣に位置している。だが情報共有のたびにいちいち部屋の行き来をしたりメールや電話を使用してやりとりをするのは面倒なので、龍悟が秘書執務室で業務を行うという少し変わった形態を取り入れている。

だからほとんどの人は知らないが、社長室の立派なプレジデントデスクには、滅多に立ち上げないPCが一台置かれているだけ。もちろん引き出しの中にはなにも入っていない。来客があるときだけ真面目な顔をしてデスクに座るとそれっぽく見えるが、実は見掛け倒しというわけだ。

そして執務室は全面禁煙だが、喫煙を好む来客もあるため社長室では喫煙が可能だ。とはいえ社則では社長であろうと社長秘書であろうと、決められたスペース以外で喫煙してはいけないことになっているので、あくまで涼花がいないとき限定だ。

「俺は共犯ですよ。主犯はあくまで社長ですからね」

「はいはい、わかってるよ」

執務室と社長室は中で繋がっているので、二人で社長室の窓辺に移動すると換気扇をフル稼働させる。旭がライターに火を灯すと、龍悟は分けてもらった煙草を銜《くわ》えてそこに顔を近付けた。

「そういえばお前、いつから秋野のこと下の名前で呼んでるんだ？」

肺に吸い込んだ空気と一緒に、疑問を吐き出す。ポケットにライターを仕舞った旭が煙草を銜えたまま意外そうに目を見開いた。

「割と最初からですが……嫉妬ですか？」

「ちがう」

にやにやしながら問われたので、龍悟はすぐに否定した。

「執務室以外ではちゃんと名字で呼んでいますよ」

「わかってるよ」

言い訳をしてきた旭に低く頷くと、携帯灰皿に灰を落とす。

かくいう龍悟も、人目がないときは旭のことを下の名前で呼んでいる。思い返せばその始まりは、名前を呼ぶと彼が嬉しそうな顔をしたからだった。

「……嫉妬ですか？」

「だから違う」

昔の出来事を懐かしく思っていると、旭が煙に紛れてまた同じことを訊ねてきた。だから龍悟も、同じ言葉で丁寧に否定する。

龍悟が社員の中から秘書を選考して採用したのは、旭が五年前で、涼花が三年前だ。

当時の報告書に添付されていた涼花の写真は、肩まであった髪をおろしてゆるく巻き、メイクも学生のように華やかで若い印象だった。しかし実際に社長秘書に配属されてやってきた初日の涼花は、ゆる巻き髪を後ろで一つにまとめ、総務の制服からグレーのジャケットとパンツスタイルで現れ、龍悟に最初と異なる真面目な印象を与えた。

「妹みたいに思ってたんだけどな……」

いつまでも生真面目で、垢抜《あか》けない。仕事を覚えるのが早く、書類の作成にも、来客の応対にも、気遣いにも問題はない。目を離していても安心できるほど信頼している。この感情は兄弟姉妹に対する感覚に似ていると思っていた。だがそれは龍悟の勘違いだった。

初めて抱いたときに聞いた涼花の真剣な悩みは、龍悟には到底信じられないものだった。けれど嘘を言っているようには見えなかったので、純粋に興味が湧いた。

だから上司の命令に背けない涼花を、多少無理のある社長命令で意図的に言いくるめた。それが狡猾《こうかつ》なやり方だということは自覚していた。会社の利益に涼花が使えると思ったのも事実だが、実際に使おうという気持ちはさらさらなかった。当然乱暴にするつもりもなく、一晩でも共に過ごすならちゃんと気持ちよくさせてやりたいと思っていた。

本当は涼花が少し泣いていたことにも気が付いていた。好きでもない男に抱かれたくないからなのだろうと思ったが、今までの人生で女性に拒否されて泣かれた経験がなかったので、余計に火がついて後半は本気で抱いてしまった。

それから数日間は目が合うと慌てて逸らしていて、そんな仕草が可愛いと思っていた。

なのに時間をおくと、あの夜の出来事をなかったことにしたいとでも言うように、普段通りに接してきた。

泣かれた上に無かったことにしようとされ、笑顔も見せてくれない。それが面白くなくて、気が付けば涼花のことばかり考えている。

そう自覚した矢先の昨夜、涼花に薬が盛られるというインシデントが発生した。

龍悟はタクシーの中で涼花の身体を抱えたまま、同時に自分の頭も抱えた。涼花のファンタジーが自分にはなんの意味もないと証明できたので、これ以上触れるのは完全な自己都合だ。涼花は自分のことを好きなわけではない。だから最初の夜に泣いていた。それを思い出すといくら身体が疼くという大義名分があっても、どこまでなら踏み込んで許されるのかを計り損ねた。

体調不良に耐えながらも快感に溺れていく涼花の姿を見ているうちに、濡れた唇を奪ってしまいたいと何度も脳裏を過った。自らの命令と助言の通りに恋人を作り、いつかこの姿を他の誰かが見つけるかもしれないと思うと、ひどい焦燥感に襲われた。だが欲望のまま踏み込もうとする度に涼花の涙を思い出し、踏み止まる。

薬を抜くための行為にキスは要らない。無理に口付けたりしたら前よりもっと泣かれてしまう気がした。もう秘書の仕事なんていやだと言って、そのまま自分の元から離れて行ってしまう気がした。

後から涼花が全ての記憶を失っていると知り、それなら無理にでも奪っておけばよかったと最低なことを考えたところで、自分の想いを完全に自覚した。

勘違いどころか思い上がりだ。自分に笑ってくれないことをつまらないと思うなんて。

「マジカルナンバートゥエルブ、でしたっけ」

「ああ……そういえば、そんなこともあったな」

ふと旭が懐かしい言葉を口にしたので、龍悟も顔を上げて苦笑した。

それは龍悟が、初めて涼花に関心を寄せた出来事だ。

旭に言われて気付く。龍悟は最近になって涼花を気になり出したように感じていたが、きっと違う。本当はもっと前から涼花のことが好きだった。自分では自覚していなかったというだけで。

「社長、素直になった方が楽じゃないですか？」

「そうだな……俺もそう思うよ」

龍悟よりも龍悟の感情を見透かしたような旭の台詞が耳に響く。その言葉を聞いて一呼吸おくと、自分の心が決まったような気がした。

窓の外で風に乗った雲が流れていくと、日陰になっていた社長室があっという間に光で満ち溢れていく。

「天気いいな」

「サボりたいですね」

「上司の前で堂々とサボりたい発言するなよ」

もうすぐ始業のアナウンスが鳴る。とりあえず今日は秘書が一人少ないので、考えるまでもなく忙しいだろう。借りていた携帯灰皿の中に短くなった煙草を落とすと、袋の口を潰すように閉じて持ち主の旭に返す。

寄りかかっていた窓から肩を離すと、丁度始業のアナウンスが聞こえてきた。

＊＊＊

エリカには申し訳ないが、イベントへの参加はキャンセルさせてもらうことにした。急な予定変更に怒られても仕方がないと思っていたが、連絡を入れるとエリカは驚きの速さで家を訪ねてきてくれた。どうやら早番のシフトを組んでいたらしい。

エリカが持ってきたテイクアウトのお惣菜《そうざい》を口にしながら事情を説明すると、

「よかったじゃん、涼花！」

と明るい笑顔を向けられた。

その表情を見た涼花は、つい苦笑してしまう。

「よかった……かなぁ？」

「そりゃよかったでしょ。忘れない人がいるなんてすごいじゃん！」

涼花の長年の苦悩を知るエリカは、ベッドを共にしても涼花のことを忘れない男性の出現に諸手を挙げて喜んでくれた。

だが涼花はエリカのように手放しには喜べない。なぜなら龍悟がたまたま涼花のことを忘れなかったというだけで、次に出会う人が涼花との夜を忘れない保証はどこにもない。

そう告げると、エリカはきょとんと不思議そうな顔をした。

「え、社長と付き合えばいいんじゃないの？　別に既婚者じゃないんでしょ？」

「違うけど……今は恋人いないらしいけど……」

「じゃあ付き合っちゃえばいいじゃん」

「そんな簡単な話じゃないでしょ～！」

涼花は新たな悩みに直面した心境で、がくりと項垂れた。たまたま状況が重なって機会に恵まれただけで、龍悟は涼花を好きなわけではない。涼花の想いが届いたから結ばれたわけでもない。

これでも一応は社長秘書だ。秘書の仕事は鈍感な人間には務まらない。優れた秘書は常に上司に付き従い、相手の機微にもアンテナを張り、両者の意図を酌み取って先回りする技量が必要だ。涼花もその技術を完璧に身に着けたわけではないが、龍悟の言動や視線や態度から彼の考えを読み解くことは出来る。だから自分が恋愛対象として意識されていないことぐらいは、ちゃんと感じ取っていた。

「でも今回、ちょっと思い知ったんだ」

「なにを？」

「忘れちゃうって、すごく悲しいんだね」

覚えているはずのことを忘れている。大事なことを忘れているのに、忘れたことにさえ気付かない。目の前で心配してくれる人がいるのに、心配されている内容がわからない。相手はちゃんと覚えているのに、自分は全く覚えていない。

「今まで忘れられるばっかりだったから、自分が忘れる立場になるって想像したことなかったなって……」

今までずっと、自分との夜を忘れた相手を責めてきた。忘れた相手が悪くて、忘れられた自分だけが辛いと思っていた。けれど今朝『大丈夫か？』と心配そうに顔を覗き込まれて龍悟と目が合った瞬間、涙が出そうなほど不安になった。忘れた方も、辛かった。

「馬鹿ね。それは涼花が、忘れられる辛さを知っているからよ」

「エリカ……」

「普通、忘れた方は罪悪なんて感じないわよ。だってそれすら忘れてるんだから」

私なんてしょっちゅうよ、と付け足すエリカの励ましに、涼花はまた元気をもらう。

エリカの言うように、涼花に非はないのかもしれない。龍悟は涼花を特別に思っているわけではないのかもしれない。でもそれでいいとは思えない。無かったことには出来ない。

だから週が明けたら、龍悟にしっかり謝罪とお礼をしよう、と密かに決意する。

「それに……ちゃんと覚えていたかったなぁ、って思って……」

昨夜なにがあったのか、涼花に詳細はわからない。だが龍悟は人を傷つける悪意のある嘘は付かないだろう。ならば龍悟が薬を抜くために涼花を抱いたのは事実なのだと思う。

けれど最初の夜と違って、龍悟の熱い視線を、肌に触れる指先を、甘い言葉を、一切覚えていない。不可抗力とはいえ好きな人と過ごした夜なら、出来れば覚えていたかったと思うのに。

「涼花、あんたちょっとずるいわ。可愛すぎか」

「な、に、が！」

揶揄われたことに気付いて怒ると、エリカが突然抱きついてきた。彼女は涼花の頭に頬を乗せると、ぐりぐりと顔を押し付けて髪を撫で回してくる。

されるがままになっていると、ふと顔を覗き込まれた。

「あのさ、付き合うとか付き合わないとかは別として、涼花自身はどうなの？」

「な……なにが？」

「社長のこと好きなの？」

「えっ……え、と……」

じっと見つめられながら核心を突くような質問をされたので、しどろもどろに目を逸らす。しかしこの反応を見せている時点で、エリカは涼花の気持ちを理解しているだろう。

「す、好き……です。……で、でもね！」

「はいはい、わかってるわよ。どうせ釣り合わないとか言うんでしょ」

案の定涼花の告白を聞いても、エリカに驚く様子はない。それどころか涼花の返答を先読みし、紡ぎかけた言い訳をあっさり先取りされてしまう。

「別に釣り合わないってことはないと思うわよ？　仕事してるとこは見たことないけど、涼花は美人だもの」

「お世辞はいいよぉ……」

「嘘じゃないわよ。ただオーラというか、色気がないわね」

「うっ……ぐ」

やはり長年の親友は的確かつ手厳しい。

秘書の仕事はあくまで上司の補佐役だ。本来の役割を考えれば、変に目立つよりはオーラや色気がない人物の方が適任と言える。

だが恋愛対象としてなら話は別だ。女性としてオーラも色気もないのならば、涼花はスタートラインにすら立てていないように思う。

「まあ社長の言い分は突飛だと思うけど、恋愛すべきって意見には私も賛成よ」

項垂れて小さくなった涼花の背中をぽんぽん叩いたエリカが、可愛いウィンクを一つ飛ばしてきた。そしてバッグからスマートフォンを取り出すと、前回と同じようにイベントの詳細が記された画像やサイトを次々に見せてくる。

「今日は無理でも、イベントも合コンも毎週のようにあるんだから」

「す、すごい……」

「社長のことは、考えてもどうせ結論出ないんでしょ？　だったらそれはそれとしておいといて、まずは新しい出会いだけでも探しに行こうよ。ね？」

エリカの提案に、涼花は仕方がなく「うん」と頷く。

彼女の言う通りだ。自分に興味がない相手を想い続ける時間を無駄とは言わないが、この恋がかなわないことは十分思い知っている。

だったらその時間を、少し別のことに使ってもいいのかもしれない。なにせその片想いの相手に『恋愛をしろ』『恋人を作れ』と説き伏せられている有様だ。もちろん今すぐ出会いに恵まれたところで、他の誰かに恋をするのは難しいと思うけれど。

(恋、か……)

『恋愛をしろ』が『恋をしろ』と同意義なら、その目的はもう達成している。けれど恋をするだけでは、龍悟の望むような結果は得られていないらしい。ならば次は恋人を作るしかないと思うが、いくら思考を巡らせても龍悟以外に涼花がそうなりたいと思う相手が浮かんでこない。

そう考えて一人照れていると、エリカが不思議そうな顔をした。だから涼花は「なんでもない」とはにかんで、今度こそエリカの話を真剣に聞くために姿勢を正した。

第三章

翌週明け。出社してきた旭に謝罪すると、彼は『大丈夫だよ』と笑って許してくれた。

龍悟から聞いた状況を考えると、旭も涼花の身体に起きた変化には気付いていたはずだ。だから追及されたらどう説明したらいいかと悩んでいたが、旭がなにも言わなかったので涼花もありがたく触れずにいてもらうことにした。

次いで出社してきた龍悟には、とりあえず休んで迷惑をかけたことを謝罪した。龍悟も同じく『気にしなくていい』と笑ってくれたので、涼花はほっと胸を撫で下ろした。あとは二人になったときに、介抱してくれたことへの感謝と失礼なことをした謝罪をしようと思っていた。

しかし龍悟と二人きりになれないまま、あっという間に二日も経過してしまった。だが今日は旭が私用のために定時で帰る予定になっていたので、涼花は業務終了時刻を過ぎてから龍悟と二人になるタイミングを見計らっていた。

会議を終えて執務室に戻ると時計は終業時刻を過ぎており、あらかじめ宣言していた通り旭の姿はすでに見当たらなかった。旭からの業務進捗の報告を確認すると、涼花もＰＣ

の電源を落とす。

今日はエリカと約束した合コンの日だ。彼女の仕事が終わったら連絡が来ることになっているが、スマートフォンの通知を確認してもまだ連絡は入っていない。

帰り支度を始めている龍悟の背中を見て、待ち望んだタイミングに恵まれたと気付く。今なら旭もいないし時間的な余裕もある。

たくさん迷惑をかけたのに、それを忘れてしまったことを謝罪しなければいけない。ひどい状況でも涼花を見捨てず面倒を見てくれたことにも、感謝を伝えなければいけない。

「社長、あの……」

「ん？」

身支度を終えて龍悟の傍に立つと、広い背中を呼び止める。龍悟は涼花の呼びかけに優しい声音で「どうした？」と振り返った。その姿に思わず言葉を忘れて魅入ってしまう。

立てば芍薬《しゃくやく》、座れば牡丹《ぼたん》、歩く姿は百合の花、とは美しく気品がある女性を形容する言葉だが、それは龍悟にも当てはまる気がする。立ち姿はすらりとしていて優美、背もたれに背中を預けてゆったりと座る姿は優雅、歩く姿はいつも凛《りん》としている。

しかし涼花は個人的に、この後ろに振り返る瞬間の龍悟が最も魅力的だと感じている。彼の背中には相手に興味と畏怖を抱かせるような強いオーラがある。初対面だと後ろから話しかけるのを躊躇《ためら》うほどだ。けれど振り返ったときの笑顔は、いつも優しい。整った切れ長の目元が少しだけ下がり、口元が笑みを形作る。その笑顔を見つけると、呼び止めた瞬間の躊躇《ちゅうちょ》は霧散し、いつも見惚《みと》れてしまう。

　振り向いた龍悟が不意に涼花の手元を見た。龍悟が振り返ったその瞬間、涼花のスマートフォンが震えたからだ。驚いて確認すると、明るくなった画面の中央に『【滝口エリカ】仕事終わったよ。待ち合わせどうする？』と表示されていた。

「あ……」

　気付いたときには遅かった。画面にはさらに『【滝口エリカ】今日は相手も二人だよ。いっぱい飲も！』とメッセージが送信されてきて、次の通知が表示されてしまう。

　思わず背中にスマートフォンを隠す。だが龍悟にはしっかりと見えていたようだ。

「なんだ、今日は合コンか？」

　ふ、と龍悟が低い声を出すので、涼花は咄嗟に俯いた。

　後ろめたいことは一つもない。なにせ恋愛をしろと涼花に要求してきたのは龍悟の方で、今日はそのための合コンだ。だから隠す必要はないけれど。

「えっ、と……。そう、です……」

「へえ？」

「あの……社長が恋愛をして、笑顔を作れるようになれとおっしゃったので……」

「確かに言ったな」

　肯定する声は涼花が聞いたことがないほどに冷ややかだった。

　なぜ機嫌が悪いのだろうと不思議に思う。その表情を確かめようと顔を上げた涼花は、龍悟と視線が合った瞬間思わず凍り付いてしまった。

　正面に立って涼花を見下ろす瞳は、怒りの感情を孕《はら》んでいた。

「えっと、社長……？　怒って、らっしゃいますか？」

「……怒ってない」

　嘘だ。龍悟は明らかに怒っている。なぜならその瞳には見たことがない色の炎が揺らめいている。激しい嫉妬のような強い感情が宿っているように思える。

「涼花……」

　突然下の名前を呼ばれた涼花は、びくりと身体を震わせた。

　今までただの一度も名前を呼ばれたことなどないのに、なぜ。

　そう思って驚いていると、龍悟に突然肩を掴まれてそのままぐっと引き寄せられた。

「どうしてだ？」

　さらに近付いた龍悟が耳元で囁く。低く掠れた音を聞くと全身がびくりと震える。

「どうしてその恋愛対象の中に、俺がいないんだ？」

　身を屈めた龍悟の唇が、耳朶に触れそうなほど近付く。あまりの気恥ずかしさから身を引こうと思ったが、肩を掴む力が強く簡単には逃げられない。

　困惑しているともう片方の手が涼花の頬を捕えた。親指が唇を優しく撫でる。

「ん……っ」

　けれど優しい触れ方だと感じたのは、ほんの一瞬だった。龍悟は涼花の顎を掴むと、そのまま無言で唇を重ねてきた。

　突然の出来事に驚いて硬直する涼花の唇に龍悟の舌先が触れる。ぬるりとした感覚に息を詰まらせると、今度は下唇に甘く噛み付かれた。

「ふぁ……」

　逃れるために声を出そうとしたが、その隙を狙ったように龍悟の舌が口内に侵入してきた。涼花はびっくりして腰を抜かしそうになったが、肩から腰に移動した龍悟の手にさらなる力が込められ、その場に崩れ落ちることすら許してもらえなかった。

「ん、んん……ふ……あ」

　龍悟の舌は涼花の口の中でなにかを探すように動き回った。最初は唇を舐めていただけの舌が、徐々に深さを増すように奥へ侵入してくる。

　やがて目的のものを見つけたように涼花の舌を捕えると、体温を奪うように強く吸われて歯を立てられた。

「あ、んぅ……ぁっ」

　思わず声が漏れるが、龍悟には一切の容赦がない。息継ぎさえ忘れ、這《は》い回る龍悟の舌にただ翻弄される。

　激しい口付けにいつの間にか全身の力が抜けてしまったらしい。手足の先が痺れたように脱力すると、涼花の手からスマートフォンが滑り落ちる。アクリルケースが床にぶつかって高い音を上げると、龍悟は突然魔法が解けたように我に返った。

はっとして涼花の舌を味わうのを止めると、慌てて顔を引く。

龍悟が離れて身体が解放されると、ようやくまともな呼吸が出来るようになる。未だ空気が足りないせいで思考が上手く働かずにいると、龍悟の不満そうな声が響いた。

「俺が相手じゃ、笑えないか？」

「しゃちょ……う？　なに……？」

「……いや」

龍悟は濡れた唇を自分の親指の腹で拭うと、フイッと顔を背けて深いため息を零した。

「もういい……楽しんで来いよ」

話を打ち切った龍悟は、鞄《かばん》を掴むと涼花を残して執務室を出て行ってしまった。

突然の暴風と突然の解放に脳が困惑する。残された涼花は全身からへなへなと力が抜け、そのまま掃除が行き届いた床の上にぺたんと座り込んでしまった。

「……ええ……と」

混乱する頭で必死に考える。合コンに行くと知って怒られたこと。初めて名前を呼ばれたこと。突然キスされたこと。

今日は自分が最後だから、セキュリティチェックと戸締りをしなきゃ、なんて一生懸命頭を働かせようとする。けれど考えれば考えるほど思考と感情がぐちゃぐちゃになる。

気付けば涼花の目からは涙が零れていた。職場で泣いたことなんて、今まで一度もなかったのに。

「……っぅ、……ふ」

龍悟のキスが嫌だったわけではない。ただ驚いて混乱しただけだ。

なのに涙が止められない。自分でも理由はわからない。龍悟に謝罪と感謝の言葉を伝え損ねた情けない自分に対してなのか。秘書として尽くしてきたはずなのに龍悟の考えが全く理解できない不甲斐《ふがい》ない自分に対してなのか。

そんな涼花の疑問と涙は、返信がないことを心配したエリカから電話が掛かってくるまで溢れ続けた。

＊＊＊

龍悟とのキスのことばかり考えていたせいか、合コンはほとんど上の空だった。せっかく来てくれた相手には申し訳ない気持ちになったが、後からエリカに尋ねると『多少元気はなかったけど、普通に会話してたよ？』と不思議な顔をされた。

特に連絡先を交換することもなく、和やかに食事をしただけで終わった。だから実りはなかったが、無事に乗り切ったのでとりあえずは及第点だろう。およそ五年間恋愛から遠ざかっていた涼花にしては、上出来なぐらいだ。

それよりも、翌日出社して龍悟と顔を合わせたことで涼花には別の悩みができてしまった。

丸めた人差し指の横を唇に押し当て、ディスプレイをじっと見つめる。涼花が考え込む仕草を見た旭が、不思議そうな顔を向けてきた。

「どうしたの、涼花？　どっか具合悪い？」

「なんだ、また無理してるのか？」

旭の問いに、龍悟もデスクから顔を上げて涼花を心配するような声をかけてくる。

「いえ、大丈夫です。なんでもありません」

すぐに答えると二人は安堵の息をついてまた自分の仕事に戻っていく。いつもと変わらないやりとりだ。

そう、いつもと変わらない。昨日あんなに情熱的なキスをして、合コンに行くことに不機嫌な態度をとって涼花を混乱させた龍悟だが、今日はその直前までの様子となにも変わらない素振りだ。それは朝から同じで、いつもの時間に出社していつものように涼花の淹れたコーヒーを飲むと、いつものように仕事を進めていく。

龍悟と顔を合わせたらどんな顔をすればいいのか、昨日のことについて触れた方がいいのか、無かったことにした方がいいのか。そのことばかりをぐるぐる考えていた涼花にとって、龍悟の態度はあまりに拍子抜けするものだった。もちろん業務に支障が出るような態度をされても困るが、綺麗《きれい》さっぱり何事もなかったように振る舞われても困惑してしまう。だがそう思っているのは、涼花だけのようだった。

「秋野、来月のパーティーの招待名簿と出席者名簿は揃ってるのか？」

「あ、はい。データは共有してありますので、確認をお願いします」

「当日の会場案内図は？」

「企画部に報告するよう通達しておりますが、少々時間がかかっているようですね。催促しますか？」

「そうだな、頼む」

やはり龍悟の様子は普段と変わらない。ため息をほんの少しだけ鼻から漏らすと、残りは全て胸の奥に仕舞い込む。あまり考えても無駄のようだ。だったらもう、涼花も昨日のことは忘れた方がいいのかもしれない。

龍悟から指示された内容をメールに打ち込み終わると同時に、終業のアナウンスが聞こえてきた。その音を聞いてようやく身体の力が抜ける。今日ほど一日を長く感じたことはないかもしれない。

涼花の心情を知ってか知らずか、龍悟も溜まった疲労を逃すように腕を上げて身体を大きく伸ばした。

「腹減ったなぁ」

ついでに呟く声を聞くと、旭が羨ましそうに龍悟を見た。

「社長、今日は銀座の御柳亭《みやなぎてい》ですよね」

「あぁ、そうだ。お前たちも来るか？」

御柳亭は銀座の一等地に店を構える割烹料理店だ。料理はなにを食べても美味しいが、涼花個人的にはこだわりの新鮮卵に上品な出汁がきいた茶碗蒸しが一番美味しいと思う。

御柳亭もグラン・ルーナ社の経営店の一つだが、今日は仕事ではなく、板前長から『新作の味見をしてほしい』と龍悟の元へ個人的な依頼が来たと聞いている。店のメニューに変更があれば正式な形で連絡があるが、今回はあくまで味見らしい。

「遠慮させて頂きまーす。俺、今日はラーメンの気分で一日働いたので」

「なんだ、つまらないな。秋野はどうする？」

「ええ……と。私も本日はご遠慮させて頂きたく……」

「ははっ、秋野にも振られたか」

さほど気にしていないように、龍悟が口元に笑みを浮かべた。もちろん仕事であれば、最低でも秘書のどちらか一人は付き添うことになる。だが今回は業務時間外であり仕事でもないので、付き合うか付き合わないかは各々の判断に委ねられる。

「お車の手配はよろしいのですよね？」

「ああ。今日は酒も飲まないから、自分で運転して帰るよ」

上着に袖を通した龍悟の動きに合わせて涼花も立ち上がる。龍悟は、

「別にいいよ、見送りなんて」

と言ったが、涼花が旭を残して龍悟の後ろに着いて行っても、それ以上はなにも言わなかった。

エレベーターを待つ龍悟が、上着のポケットから車のキーを探すように腕を動かす。近

距離で身体が動くと、彼の肌の香りがふわりと届く気がした。それと同時に熱夜の記憶も蘇りそうになり、慌てて頭を振って思考を追い払う。

「仕事はまだ残っているのか？」

「いいえ、本日分は全て終えております。明日のスケジュール確認を終え次第、退社予定です」

「そうか。あまり無理はするなよ」

そう言って笑みを零すと、龍悟はやってきたエレベーターに颯爽と乗り込んだ。

扉が完全に閉じたことを確認した涼花は、下げていた頭をそのままそこに押し付けて、崩れ落ちそうになる自分の身体を支えながら長く大きなため息を零した。

「はあぁ……もう」

龍悟の意図がわからない。気を抜くとまた激しいキスの感覚を思い出してしまう。

合コンに行くのを嫌がる素振りをしたということは、もしかしたら自分にもまだ可能性があるのかもしれない。なんて淡い期待を持った、昨日の就寝前の自分に忠告したい。そんなわけないでしょう、あと九時間後に現実を見るのよ、と教えてあげたい。

額が冷たい。二十八階建ての上三階は重役フロアで、夏の暑さに対応するためしっかりと空調が行き届いている。だから無機物はすぐに冷たくなる。

頭を冷やすには丁度良いと思ったが、すぐに執務室に旭が残っていることを思い出す。

涼花はまだ冷やし足りない頭を名残惜しい気持ちで持ち上げると、重い足取りで執務室へ戻っていった。

＊　＊　＊

ＧＬＳの新店舗オープン記念パーティーの日が近付いてきた。パーティーにはルーナグループ各社の役員を筆頭に、取引先の重役やその家族、個人的に親交のある者や他店舗の店長、メディア関連などから総勢二百名余りを招く予定だ。当日は新しい店舗を開放し、目玉商品であるスイーツやドリンクが立食形式で振る舞われる。

準備はおおよそ終えているが、旭が企画部と協力してなにか催しを考えているらしく、このところ不在が多い。当然龍悟もそれは把握しているが、詳細を訊ねても二人は『そのうちわかる』と涼花を諭すだけだ。

涼花には気が抜けない日々が続いていた。旭の不在は龍悟の指示だが、それに伴い移動時や執務室内で龍悟と二人きりになることが増えた。元々書類関係は案件ごとに分担していたが、スケジュールに関しては三人で共有した上で旭が龍悟に付き従い、涼花が来客対応や他部署との連絡を行うことが多かった。旭はパーティーの準備中も自分が担当した書類処理は通常通り行っていたが、龍悟に追従して立ち回る役割が涼花に移行した。そのため、現在もこうして執務室で二人きりになっている。

「雨だと気が重いな」

　取引先との電話を切った龍悟がため息交じりに漏らす。聞いていた会話の内容から気が重いのは天気のせいだけではないことはわかっていたが、龍悟が愚痴を言わないので涼花もさらりと受け流した。

「そうですね。パーティーの日は晴れると良いのですが……」

　ただでさえ初夏の湿気は肌にまとわりつくような鬱陶しさがあるのに、雨季の重たい雨が混ざると不快指数は底が知れない。梅雨が明けると今度はうだるような暑さが続くのかと思えば、もはや不快感はうんざりするほどだ。

「秋野。そう言えば、合コンには行ったのか？」

　なにを思ったのか、龍悟が突然とんでもないことを聞いてきた。口に含んでいた冷めかけのコーヒーを噴き出しそうになった涼花は、慌てて桜色のマグカップから口を離す。だが間に合わず喉へ逆流した。

　当然思い切りむせてしまったが吐き出すわけにもいかないので、繰り返される咳の波が過ぎ去るのを待つしかない。咳き込んだせいで涙も出てきてしまう。

「そんなに動揺することか？」

「いえ、不意打ちだったので驚いただけです……申し訳ありません」

　咳が落ち着いた頃に龍悟に笑われ、涼花は頰を膨らませながら小さく言い訳をした。

　冷静を装った涼花がもう一度コーヒーを飲む様子を待つと、龍悟は『それで？』と再度回答を促してきた。

「社長、業務時間中です」

「そう堅いこと言うなよ」

「……そんなに気になりますか？」

「まあ、そうだな」

龍悟に出口を塞がれ、涼花には合コンの報告義務が発生する。

もちろん本来なら答える必要はないが、涼花には恋人を作るための第一歩として龍悟に抱かれた事実がある。冷静に考えたらおかしな状況だとは思うが、あのときは冷静じゃなかったし、過去は覆らない。

ちらりと龍悟の姿を盗み見ると、彼は大きなプレジデントチェアにゆったりと腰を落ち着け、まっすぐに涼花を見つめていた。人の良さそうな笑顔を浮かべてはいるが、肘掛けに頬杖をついて涼花を見据える龍悟は、獅子か虎か、あるいは名前の通り龍のような佇まいだ。

だが神々しい聖獣を前にしても、雨で重たい涼花の気持ちはさらにどんよりと沈んでいく。想い人に恋人を作れと促され、さらにその進捗状況を確認される。一度嫉妬するような素振りを見せたかと思えば、翌日にはそれをまるで無かったことのように振る舞われる。ところが忘れた頃になって『そういえばどうだった？』と確認される。涼花の感情は振り幅の限界まで揺さぶられているような心地だ。

――まるで無かったことのように振る舞われる……？

不意に思考に翳がさす。

どこかで似たような経験をしている気がする。――いいや、確実にした。

極力思い出さないように五年の歳月をかけて心の奥底に封印していた苦い記憶。つい最近、不覚にもその蓋《ふた》を開けてしまった。だが熱夜の蜜戯が再び蓋をした、はずの。

「秋野？」

問われてハッと顔を上げる。最近考えごとが多いが、その度に動きがピタリと停止してしまう。龍悟や旭は思考や感情と身体の動作を分離できるタイプのようだが、涼花はそうはいかない。だから考えごとをすると動きが鈍り、具合でも悪いのかと思われてしまうのだ。

慌てて合コンの話題を引っ張り戻すと、少し気まずい心地を隠すように呟く。

「……行きましたよ」

「へえ。どうだった？」

「どう、と言われましても」

さらに掘り下げてくる龍悟に、涼花はまたなんと答えればいいのか迷ってしまう。

合コンと言っても、エリカが知人から紹介されたという商社勤めの男性二人とエリカの四人で食事をしただけだ。場所はグラン・ルーナ社の最寄りから二つ先の駅近くにあるダイニングレストランで、残念ながらグラン・ルーナ社の経営店ではない。内容が聞きたいというのなら、これまた残念ながら上の空だったのであまり覚えていない。

「特になにもありませんでしたよ。お食事して終わっただけです」

「……は？　それだけか？」

「それだけですよ」

申し訳ありません、と付け足した方が良いのかも迷うところだ。

龍悟の望みには一歩も進展していないのだから謝罪の一つでも添えた方がいいのかもしれない。けれど涼花に恋人を作れと促したはずの龍悟は、胸を撫で下ろしたように、

「なんだ……そうか」

と息を吐いた。安心とも残念ともとれるような口振りに、涼花は再び悩んでしまう。

頬杖をついた龍悟がなにか考え込む仕草をする。しかし口元が隠されて感情が読み取れなくなったので、涼花は彼の腹の内を探るのを諦め、素直に謝罪の言葉を口にした。

「大変申し訳ありませんが、社長の望む状態に到達するまでには、まだ相当な時間がかかると思いますよ」

「ん？　そうか？」

ところが涼花の宣言を聞いた龍悟は、意外そうな声で顔を上げた。

首を傾げた龍悟と同じく、涼花の首も斜めに傾く。彼の発した『そうか？』の意味を考えていると、龍悟が口元をゆるめて涼花を褒め始めた。

「最近、少し雰囲気が柔らかくなったというか……女性らしくなったと思うぞ」

だが褒められたと感じたのは最初だけで、後半は賛辞かどうかわからない台詞だ。女性

らしく『なった』ということは、元々そうじゃなかったということだろうか。

胸の奥から湧き上がった反抗の声が外に出ないよう注意し、努めて冷静に問いかける。

「今までは女性らしくなかったですか？」

「いや、そうじゃなくて……こう、隙があるというか」

龍悟が自分の台詞をフィードバックしながら呟く。涼花を傷つけないよう言葉を選んでいるのだろうが、ただの雑談で回答に悩む姿は珍しい。

龍悟はいつも巧みな話術と気さくな性格で相手の心をすぐに掴む。あまり言葉選びに苦悩する姿は見かけないが、どうやらビジネス以外で女性を褒めるのは得意ではないようだ。

「堅苦しさが薄れた、も、違うな？」

龍悟の女性関係の乱れた噂は耳にしないが、これだけ完璧で男前なのだ。周りは放っておかないだろうし、見合いを断った話なら何度か聞いたことがある。きっと自ら口説かずとも相手の方が龍悟に興味を示すから、女性を褒める必要さえないのかもしれない。

「色っぽくなった……は、ハラスメントか？」

真面目な顔で聞き返された涼花は、とうとう笑いを堪えられなくなった。慌てて手で口元を覆うが、唇の端から漏れ出る声は止められない。

「ふ、ふふっ」

「……秋野？」

「ハラスメントかどうかは、合コンに行ったのか聞く時点でアウトだと思います」

そう言い終わるや否や、また笑いが込み上げてくる。

あの一ノ宮龍悟が、女性の変化を褒め損なって四回も言い直し、しかもその上でやっぱり間違えてしまうとは想像もしていなかった。きっと『綺麗だ』とストレートな表現なら澄ました顔で言えるのだろう。もしくはいつも淀みなく答えられるところを、今日だけしくじったというのならば、それはそれでまた珍しいものを見た気がする。

「……お前、本当に恋人が出来たわけじゃないんだよな？」

くすくすと笑っていると、龍悟が少し困ったように問いかけてきた。念を押すような疑問と声が、龍悟から見た涼花に変化が訪れたことのなによりの証拠に思える。もしも龍悟が気付くほどの変化が現れたのなら、それは涼花が『恋心』を認めたからだ。

もちろん本人に伝えたわけではない。だが異動で秘書の任を解かれて物理的に距離をおくか、龍悟が結婚して諦めがつくまで心の中に仕舞っておくつもりだった気持ちをエリカに聞いてもらった。それだけで随分楽になった気がする。

もしくは龍悟の言うように『ファンタジー』から解放されたからかもしれない。少なくとも涼花を抱いても記憶を失わない人間が存在することだけは証明されたのだ。だから自信がついて、恋愛に対して少しだけ前向きになれたのか。そのお陰で柔らかな感情表現ができるようになったのか。

答えはわからないが、それならやはり龍悟のおかげだと思う。遠回りだったが、涼花は龍悟に褒められたことで重たい気持ちが少しだけ軽くなった気がした。

「違いますよ。どうしてですか？」

「どうしてって、そりゃ……」

龍悟がなにかを言いかけたところで、ドアロックが解除される電子音が室内に響いた。ほどなくして旭が執務室に入室してくる。

「長らく不在にして申し訳ございません。ただいま戻りました」

雨と湿気からくる蒸し暑さには旭も相当うんざりしているようだ。額に汗を浮かべた彼が、部屋に入るなり首元に指をかけてネクタイをゆるめる。重役とその秘書たちは真夏もネクタイをきっちりと締めることになっているが、龍悟が咎めないのであれば少しぐらい許してもらおう、といった空気だ。

「社長。企画部から企画書と報告書が上がって来たので、お目通し頂けますか？」

旭は龍悟のデスクの傍まで来ると、数枚の書類を差し出して丁寧に頭を下げた。その横顔には疲労が窺える。目の下にはうっすら隈が浮かんでいるが、かすかに笑みを浮かべた表情はどこか楽しげな印象さえあった。

龍悟は受け取った書類の一枚目を上から下まで五秒で読み流し、さらに二枚目、三枚目と同じ速さで目を通していく。涼花も緊張感をもって様子を見守る。その後一枚目に視線を戻した龍悟は、口の端を上げてにやりと笑うと瞳の奥に小さな光を宿した。それは一緒に仕事をしているとたまに見ることがある、野心を孕んだ狩人の目だ。

「よし、これで行くか。ご苦労だったな」

「恐れ入ります」

龍悟が労うと旭も安堵したように息をつく。龍悟は旭から視線を外して涼花に向き直ると、たった今受け取ったばかりの書類を涼花の目の前へ差し出してきた。

「秋野、この内容を頭に叩き込め。パーティーは来週だから時間がないぞ」

「どういうことですか？」

話が見えないので聞き返すが、龍悟は笑みを浮かべるだけだ。

だから涼花はそれ以上の情報を諦めて、差し出された書類を受け取る。そこには目前に迫ったレセプションパーティの当日のスケジュールが書かれていたが、よく読み込むと涼花が知らないプログラムが入っていた。

聞いていない、と思いつつ次のページをめくる。するとそこには、やけにキュートでファンシーなネーミングが冠された新たな企画の内容が記されていた。

＊　＊　＊

「山本《やまもと》社長。本日は遠方からお越し頂き誠にありがとうございます。空港は混雑しておりませんでしたか？」

「高橋《たかはし》様、お久しぶりでございます。フランスから戻られたのですね。本日は楽しんで行って下さいね」

「土屋《つちや》様。先日はお嬢様のご結婚、誠におめでとうございます。ハワイでの挙式はいかがでしたか？」

「吉木琉理亜《よしきるりあ》ちゃんだよね？　今日はケーキ食べに来てくれたの？　ふふふ、ありがとう」

受付の横で来客と挨拶を交わす涼花の様子を見ていた旭が、小さく口笛を吹く。

旭も涼花の記憶力が良いことは知っているが、普段は細かい情報まで徹底的に確認し合っているので、その能力を目の当たりにする機会がないのだろう。だが今日のような催し物でいつもより気忙しい状況にあっても、なんの確認もせずにすらすらと相手の名前と肩書、そして近況まで思い出せることには改めて驚くらしい。旭が「自分には到底真似できない」と肩を竦めるので、涼花は曖昧《あいまい》に笑みを返した。

ＧＬＳの新店舗オープン記念パーティーは、心地の良い快晴に恵まれた。涼花と旭の位置からは陽光が差し込む新店舗の全体が見渡せる。もちろん挨拶に来た人々と談笑する龍悟の様子もしっかりと確認できている。

本来ならば最低でも秘書のどちらか一人は龍悟の傍に付き従うべきだろう。だが彼が最初のスピーチを行うまでの時間、涼花と旭には別の任務が与えられた。幸い龍悟も記憶力が高いので、秘書が傍にいなくても相手に対して失態を犯すことはない。

「るりかちゃん」

「藤川さん。るりあちゃん、です」

「るりあちゃん、これどうぞ。……ポケットの中を見てもいい？」

「うん、いいよ」

琉理亜という四歳の女児は、彼女の隣に立つ吉木夫妻の愛娘だ。吉木は生乳や乳製品を製造する乳業会社の社長で、ＧＬＳのスイーツに使用するミルクや生クリームやバターの大半は、彼の会社から仕入れている。

旭から星形のプレートを受け取った琉理亜は、ボディーチェックをする旭の顔をじっと見つめていた。

「ありがと。るりあちゃん、美味しいケーキいっぱい食べてね」

「うん」

ボディーチェックが終わると、琉理亜がばいばい、と手を振るので、旭も屈んだまま少女に手を振り返した。三人が会場の波に消えたのを確認し、旭はやれやれと立ち上がる。

「悪い、秋野。助かった」

「大丈夫ですよ。藤川さんもお疲れですもんね」

旭に礼を言われたので、涼花もいつもより少し高いヒールを気にしながら頷いた。

今日の涼花は髪をハーフアップにまとめ、夏らしい水色のシフォンワンピースを身に纏っていた。本当はスーツで参加するつもりだったが「折角のパーティーに華がない」と龍悟と旭に呆れられたので、五分袖に膝下丈であまり華美ではないワンピースを選んだ。上から下に行くほど濃くなる水色のグラデーションに合わせ、足元はネイビーのヒールを履いている。

「磨きがかかってるなぁ」

「なにがです？」

「最近可愛くなったって言われない？　あと笑顔が素敵だねとか」

「だ、誰にですか？」

旭に褒められ、涼花は戸惑う。来客の目があるのであまり感情に出さないようにしようと思ったが、照れたせいで顔が少し熱くなるのを感じた。

「んー、社長とか？」

「……言われませんよ」

社長、という言葉に動揺して高いヒールがぐらりと揺れたが、なんとかこらえて足に力を入れる。背筋が伸びると旭は可笑しそうに肩を揺らしていたが、涼花は顔を背けてその様子に気付かないふりをした。

そんなやり取りをしていると、涼花と旭が目的としている人物が到着したと知らせを受けた。雑談を止めて視線を合わせると、どちらからともなく頷き合う。

ようやくこの瞬間が訪れた。今回のレセプションパーティーの直前に新たな企画を無理矢理捻じ込んだのも、龍悟に命じられて彼の傍ではなく入口で別の任務を与えられたのも、全てはこの人物への対応を万全に行うためだ。

「ようこそお越しくださいました、杉原社長」

「ああ、君は社長秘書の……」

「秋野でございます。先日は見苦しいところをお見せいたしまして、大変申し訳ございませんでした」

目の前にやってきた人物に先日の非礼を詫びて丁寧に頭を下げる。前回と同じ秘書を連れてやってきた杉原は、涼花の言葉に一瞬たじろぐ様子を見せた。だがすぐに下卑た笑みを浮かべて、涼花の全身を舐め回すように眺める。

「身体は大丈夫だったのかね？」

「はい。すぐに病院へ向かって抗アレルギー薬を投与しましたので、大事には至りませんでした」

杉原と対面すれば、声が震えて嫌悪感でいっぱいになるかと思ったが、実際はそれほど緊張はしなかった。あの日早い段階で意識を失った涼花には、龍悟や旭と杉原のやりとりがほとんど聞こえていなかったからだろう。

あらかじめ用意しておいた回答を並べると、杉原は拍子抜けしたように「そうか」と呟いた。もちろん涼花には食物アレルギーなどないので、全て大嘘である。旭によると涼花は蟹《かに》のすり身が入ったお吸い物を口にしていたらしいので、さらに突っ込まれたら甲殻類アレルギーだと嘯こうと決めていた。だが結局、そこまで詳しくは追及されなかった。

「杉原社長。先日は会食にお招き頂き誠にありがとうございました。大変申し訳ございませんが、本日はこちらでボディーチェックを受けて頂きます」

「な、なぜだ⁉」

会話に入ってきた旭が定型文を述べると、杉原は血相を変えて拒否反応を示した。だがこの反応も予想の範囲内なので、旭は涼しい笑顔を作る。

「受付でご記銘頂いた際に説明があったと存じますが、本日は宝探しゲームを予定しております。イベントの景品には本日限定のデザートプレートや新店舗で使用可能な優待券などをご用意しておりますので、杉原社長もぜひご参加下さい」

「そ、それとボディーチェックになんの関係があるというのだ！」

「その宝探しゲームですが、万が一弊社で用意いたしました『宝』と類似したものをゲストの皆様が所持されていますと紛らわしいこともございますので、入場前のボディーチェックにご協力頂いております」

にこやかに言い放つと杉原の顔面に動揺が浮かんだが、旭は構わず話し続ける。

「ボディーチェックといっても類似品をお持ちでないか把握するためですので、貴重品をお渡しいただくことはございません。万が一類似品をお持ちの場合はそちらのみ責任を持ってお預かりして、ゲーム終了後にはお手元までお届けいたしますので、どうぞご安心下さい」

駄目押しにさらに言い添える。これが防犯を理由にしたボディーチェックなら、憤慨する人もいるだろう。招待客の中には人の上に立ち人を動かす立場にあるためプライドが高い者も多い。だが今日のチェックはあくまで類似品の混入を防ぐための所持品確認だ。

もちろん杉原がこのまま怒って帰るならそれでも構わない。後からなにか言ってくる可能性はあるが、女性スタッフや女性招待客が多い今の状況を考えれば、ここで問題が起こるより対処はずっと楽だろう。

これが龍悟と旭が企画部と協力して用意した、杉原の動きを封じるための策だった。イベントの進行上、どうしてもボディーチェックを受けなくてはいけない状況を作り、彼が隠し持ってくるであろう下劣な薬をあらかじめ取り上げてしまう。仮に彼がこの場を去って目的の物を回収できなかったとしても、今日この場で被害者を出すという最悪の事態は回避できる。どちらに転んでも我々に利があるのだ。

しかしフンと鼻を鳴らした杉原は、

「構わない。だが早くしてくれ！」

とふんぞり返った。

この横柄な態度には涼花も旭も一瞬怯《ひる》んだが、一応ボディーチェックは受けてくれるようだ。旭は他の招待客よりも時間を使い、入念に杉原の身体を検めた。ポケットの中身もトレーの上に全て出してもらう。

だがいくら確認しても、杉原の所持品からは薬のようなものは一切見つからなかった。

意外な展開に涼花は内心焦っていた。旭の眉間にも深い皺が刻まれる。しかし確認が終われば、あとは杉原が身の回り品を収める様子を黙って見守る他ない。

「……ご協力ありがとうございます。では大変申し訳ございませんが、秘書の方もお願いします」

仕方がなく旭が告げると、杉原の後ろで縮こまっていた秘書の身体がビクリと飛び跳ねた。そのわかりやすい反応は、涼花の目にも不審に映った。

「あぁッ、いや！　こいつは別にいいだろう⁉」

けれど仮にその様子を見逃していても、特に問題はなかっただろう。旭の言葉に最も反応したのは、たった今ボディーチェックを終えたばかりの杉原だった。杉原は自分の秘書が口を開く前に、周りが何事かと振り返るほどの大きな声で自分の主張を喚き始める。

「こいつは関係ない！　招待を受けたのは私だ！　景品が当たってもこいつにはもらう権利はないしな！」

どう見ても自分のボディーチェックより拒否反応が強い。涼花は白々とした気持ちになったが、目の前にいる旭は涼花よりももっと白々とした表情を浮かべていた。頬の上には一体なんの猿芝居を見せられているのかと書いてある。

「大変申し訳ございませんが、ボディーチェックは会場に入られる皆様にご協力をお願いしております」

コホンと咳払いをした旭の言葉に、秘書の目がウロウロと泳ぎ出した。杉原はまだなにか言いたそうにしていたが、自分たちが周囲の視線を集め出したと気付いたらしい。騒ぐと目立つと思ったのか、彼の言葉はだんだんと勢いを失い、あとは落ち着かない様子でその場で足を踏み鳴らすだけとなった。

秘書は秘書で縮こまったままオロオロと視線を彷徨わせるだけだ。四十代半ばの痩身の男が身を縮ませて狼狽《うろた》える様子は憐憫《れんびん》を誘う姿だったが、ここで可哀想だからと通すわけにもいかない。

秘書の前にトレーを差し出すと、彼は杉原の顔とトレーの上を忙しなく見比べた。しかしやがて観念したのか、ポケットの中身を少しずつトレーの上へ移し始める。

涼花や旭や行き交う人々の視線を受けながら秘書がもたもたとポケットの中身を出すと、そこには意外なものが紛れ込んでいた。

「あの……失礼ですが、これは？」

最後にトレーの上に出されたものを見て旭が尋ねる。それは透明な液体が入った、手の中に収まるほどの小さなガラス瓶《びん》だった。小瓶は底が平らになっており、中には馬毛のような細くて茶色い刷毛が入れられている。

「マニキュア……ですね」

涼花がトレーを覗き込みながら呟く。旭はピンとこないらしいが、女性の涼花が見ればこれはどうみてもマニキュアのボトルにしか見えない。

旭がトレーの中にあるそれを摘み上げると、秘書ではなく杉原が手を伸ばしてきた。だがあまり大袈裟に取り上げるような素振りをすれば、杉原が怒り出してしまいそうだったので、旭は半歩だけ身を引くことで杉原と自然に距離を取った。

「これは、杉原社長のものでしょうか？」

「えっ、あ、いや……そうだ！　……いや、違う！」

杉原は明らかに動揺したように発言を二転三転させた。狼狽えた彼は旭と目を合わせないように顔を背けたが、このマニキュアが『当たり』であることは疑いの余地がなかった。再度トレーの上を確認するも、所持品には明らかに怪しいマニキュアボトル以外に、特別変わったものはない。

「そ……それはさっき、会場の外で拾ったんだ！」

杉原が突然、思い出したと言わんばかりに大声を出した。その場にいた人々の視線が一気に集中すると、彼はまた言葉を詰まらせる。

杉原は自分の言い訳をさらに信憑性の高い主張にしようと言葉の引き出しを開閉していたが、その間に涼花と旭のアイコンタクトは終わっていた。

「杉原社長、拾って下さっていたのですね」

「え？　……は？」

「実は私、先ほど会場入りした際に入り口でバッグの中身をばら撒いてしまって。そのときに持っていたマニキュアを落としてしまったようなのです」

「あぁっ、いや！　これは違……！」

涼花は口の端をわずかに上げて目を細めただけの作り笑いを浮かべた。怒気が含まれた笑顔に気圧されたのか、杉原が一歩後退する。そのせいで彼は後ろにいた秘書の肩に身体をぶつけてしまうが、涼花は構わずさらに一歩前進すると、おもむろに杉原の手を取った。

「後で探しに行こうと思っておりましたが、開場時刻になってしまったので行けずに困っていたのです。見つけて下さって、本当にありがとうございます」

涼花は怒りの感情を胸の奥に押し込み、今度は優しい微笑みを浮かべた。先ほどの作り笑いとは違う、心からの笑顔だ。

杉原社長、ちゃんとボロを出してくれてありがとうございます。

という心の声は間違っても外に出さないよう、感謝の気持ちだけを前面に押し出す。

「つ、次から気をつけたまえよ！」

涼花の笑顔を見た杉原は一瞬呆気《あっけ》に取られたような表情をしたが、すぐに顔が真っ赤になった。それを隠すように慌てて俯くと、覚束ない足取りで会場の奥へ逃げて行く。どうやらこれ以上ゴネても自分には分が無いと悟り、小瓶の回収を諦めたらしい。

残された秘書が一瞬遅れて動き出したので、旭はトレーの中身を全て彼へ引き渡すと、二人分の星形プレートを秘書の目の前に差し出した。

「宝を発見されましたらこちらと交換になりますので、どうぞお持ちください。長々とお手間を取らせてしまい大変申し訳ございませんでした。本日はどうぞ楽しんで行って下さいね」

杉原の秘書は手を震わせながら星形のプレートを受け取ると、上司の背中を追って慌ただしく会場の波へ消えていった。その姿を見届けた二人は密かに頷き合う。

旭は掠め取った小瓶を自分のポケットの中へ落とすと、

「涼花は九十五点」

と涼花にしか聞こえない音量でそっと呟いた。

＊＊＊

龍悟がパーティー開始のスピーチを終えて控室に戻ると、旭が『社長は四十点』と教えてくれた。一体なんの話かと思ったが咄嗟の演技力の点数らしい。涼花が満点に五点足りなかったのは、最初の作り笑いが真顔すぎて一瞬ヒヤリとした分の減点だそうだ。けれどその後、一転して満面の笑顔を見せるというギャップ技を披露したので、旭の採点では高得点となったようだ。

「社長はそんなに酷いのですか？」

「そりゃもう、肝が冷えるほどだよ」

涼花が首を傾げると、旭が以前の料亭での出来事を教えてくれる。その時の龍悟は旭の視線や意図にはすぐに気付けたが、それに合わせて即座に演技ができるかどうかはまた別の話らしい。

「お前たちにはスピーチを頑張った上司を労う優しさがないのか？」

くすくすと笑う旭の姿に、龍悟が不満そうに唇を尖らせる。

涼花と旭も壁際に控えて龍悟のスピーチをちゃんと聞いていた。しかし龍悟がユーモアを交えながら艶のある声音に巧みな表現を乗せて、華麗な挨拶をさらりとこなしてしまうのはいつものことだ。真似をしようとして出来るものではないが、龍悟からは『頑張った』というほどの気合いは感じられない。

「社長、お疲れ様でした」

拗《す》ねた龍悟に言葉をかけると、彼はすぐに満足したように涼花に微笑んだ。

それはさておき、と旭が話を区切り、回収した透明の小瓶をポケットから取り出す。旭が用意されたテーブルの上に小瓶を置くと、龍悟が訝《いぶか》しげにそれを睨んだ。

「ん？　これ女子が使う、爪に塗るやつだろ？」

「やっぱりそうなの？　けどこれ、色ついてないけど？」

宇宙の成り立ちから微生物の構造までなんでも知っていそうな龍悟にも、苦手分野があるらしい。同じく釈然としない様子の旭と同時に視線を向けられ、涼花は『なるほど』と納得した。

涼花も仕事の関係上あまり凝ったネイルはしていないが、幸いなことに親友がネイルサロンの経営者だ。色々と教えてもらっているので人並み程度には知識がある。

「透明のものもあるんですよ。ベースコートやトップコートといって、色を塗る前の下地とか、色を塗った後の保護や補強に使用するんです」

置かれた小瓶を手に取ると、蓋を反時計回りに動かしてみる。キュ、キュ、と音を立てながら蓋が回転すると、中で刷毛もくるくると回った。

神妙な顔で涼花の行動を見守る龍悟と旭の目の前で、蓋を引き抜いてみる。だが液体は予想していたほど粘度がなく、薄めたように水っぽい。重力に従って水滴がほとんど落ちた刷毛に鼻を近づけてみるが、ネイル剤特有の強い匂いはせずほとんど無臭だった。

「やはりネイル剤ではないようですね。匂いも違います」

「こら、不用意に嗅ぐんじゃない」

龍悟に制止されて慌てて顔を離すと、小瓶の蓋を閉めてテーブルの上に戻す。

「なるほどなぁ。このタイプは想像してなかった」

「てっきり錠剤か粉末剤だとばかり思ってましたからね」

龍悟が椅子に背中を預けて深い息を吐いた。旭も肩を竦めて両手を挙げると同意を示す。もちろん涼花も同感だ。『薬』と聞いた時点で、錠剤か粉末剤かカプセル剤のいずれかだと勝手に思い込んでいた。

涼花が体調不良になり龍悟に看護された夜、旭が料亭に残って飲食物を回収し、成分調査まで行っていたことは後になって聞かされた。旭が言うには、固形物は回収出来たが液体や食器までは手が回らず、結果疑わしい成分はほとんど検出されなかったらしい。店の従業員に事情を話し、宴席やトイレのゴミ箱も検めさせてもらったが、怪しい薬包も見つからなかった。だから回収できなかったアルコールの中に薬剤が溶け出してしまったというのが龍悟と旭の予測だった。

そのため、ボディーチェック時の旭のポケットには様々な粉末や錠剤が入っていた。怪しい薬剤が見つかったら杉原の目を盗んですぐにすり替える予定だったのだ。

もちろんポケットがパンパンになるとあまりにも怪しいので、一般にありふれている薬に似たものを厳選して用意していた。杉原が製薬会社の名前が入ったフィルムやケースをそのまま使用しているとは考えにくかったので、こちらもそれに合わせてなにも記入されていない透明や半透明の袋に、なんの効果もない小麦粉の玉や粉を詰めていた。

そして万が一用意したものと個数が合わなかった場合や、明らかに色や形が異なるものを検出した場合を想定して、宝探しゲームの『宝』はアメやチョコレートに設定した。白色以外の薬剤が杉原の所持品から出てきたら『類似品に該当するので一旦預かる』という設定を作り、一度控室に戻ってからポケットに仕込み損ねた色や形状のものとすり替えられるように入念に保険をかけていたのだ。

あとはどの形状にも該当しない薬剤を持った杉原が『持病の薬なので絶対に手放せない』と言い出さないことを天に祈ってボディーチェックに挑んだが、予想は大幅に外れ、予想より容易く獲物はこちらの手中に落ちた。

龍悟が小瓶を摘み上げ、中の液体の存在を確かめるようにふるふると振る。水より粘度が高くネイル剤より薄い液体は、小瓶の中で波を立てて揺らめいた。

「確かに人目を盗んで刷毛でグラスや食器に塗れば、周りにも気付かれにくい。万が一目についても、ただの水滴だと思うわけか」

龍悟が心底呆れたような、けれど反面、感心したような声を漏らす。その言葉には涼花も唸るしかない。

「このようなものが塗られているなんて、全く気付きませんでした」

　おそらくこの薬は、箸かビールグラスに塗られていたのだろう。だが海鮮料理を味わう箸に水滴がついていても、結露したビールグラスに雫《しずく》がついていても、それを疑問には思わない。おまけに変な味がするわけでもないのだ。

「少量でもかなり強力なんだろうな」

　龍悟は『気付かなかった涼花に落ち度はない』とフォローしたつもりだったのだろう。

だがその台詞には旭が目を輝かせた。

「へえ、そんなに強力なんですか？」

「おい、旭。変なとこだけピックアップするな」

「いやいや、そうは言いますけど、男なら当然興味ありますよ」

「劇薬に興味を持つんじゃない」

「社長、どうです？　試しに飲んでみては」

「おお、いいぞ。お前が今夜俺の部屋に泊まって、俺に添い寝してくれるならな」

「嘘です、冗談です、ゴメンナサイ」

　とんでもない会話を繰り広げる二人に、涼花は自分の存在感を極限まで薄めるよう努める。いつも思うがこのテンションとこのテンポの会話の中に入っていける気は微塵もしない。間違ってもこちらに話を投げないでほしい、と切に願う。

「まあ、とにかく……これもラボに回して詳しく成分調査してもらおうか」

一通り騒いだ後で龍悟がそう結論付けたので、涼花は消していた気配をそっと戻して時計を確認した。スピーチが終わり少し休憩の時間を挟んだが、龍悟はこの後のプログラムもこなさなければいけない。そろそろ宝探しゲームが始まる時刻でもあるし、一度退いていた主催者が再び会場に姿を現すにも丁度良い頃合いだろう。

「社長、そろそろ会場に戻りませんと」

「そうだな。……旭、抜けれるか？」

「はい。一度社に戻ります」

ポケットに仕込んでいた薬袋の全てを鞄の中に突っ込みながら、旭が頷いて返答する。薬を模した粉玉や粉末は全て無駄になってしまったが、結果を考えれば努力は無駄ではなかっただろう。

旭はすっかり秘書の顔に戻ると、龍悟の手から小瓶を受け取り、鞄を携えて控室から出て行った。

残された涼花は立ち上がった龍悟の前に立つと、素早く彼の服装をチェックした。今日の龍悟はいつものビジネススーツではなく、三つ揃いのフォーマルスーツを身に纏っている。正装の姿はいつも以上に身体のラインが際立ち、男性美と独特の色気を醸し出している。涼花の指先がポケットチーフの位置を正すと、龍悟が満足したように頷いた。

「秋野は大丈夫だったのか？」

だが龍悟が訊ねたのは自分の身だしなみではなく、涼花の心労だった。

龍悟は当初、一度嫌な思いをした涼花を杉原の前に立たせることに強く反対した。大事な秘書を傷つけるような真似はしたくないと説かれたが、最後は『女性が犯罪に遭うかもしれないのに見過ごせない』という涼花の意思を尊重してくれた。

事実、涼花が受付横に配置されたことで旭のボディーチェックが円滑に進み、速やかに目的のものを得ることに成功したのだ。

「はい、特に問題はありません。ちゃんと回収できてよかったです」

涼花が頷くと、龍悟も安心したように『そうだな』と呟いた。

「私は覚えていないのですが、摂取すると吐き気がするのですよね？」

「ん？　秋野は吐かなかったぞ？」

「いえ、そうではなく……」

逆ならば兎《と》も角、秘書の吐瀉《としゃ》物を社長に処理などさせられるわけがない。人の良い龍悟なら気にせず世話を焼くだろうが、涼花は絶対に嫌だ、吐かなくてよかったと首を振りつつ、考えていることとは別の言葉を口にした。

「お客様が口にして具合を悪くされては可哀想です。それに万が一嘔吐されたら、新店のイメージが台無しですから」

当然、龍悟もその可能性には気付いていただろう。あの薬物を口にして吐いてしまう人がいてもおかしくない。招待客が体調を崩すことは最も避けるべきだが、それと同じぐらいに企業のイメージ戦略も重要である。仮に新店のオープン記念パーティーの最中に出席者の嘔吐騒ぎが起きれば、イメージダウンは避けられないだろう。場合によっては保健所の立ち入り検査にまで発展しかねない事案だ。

飲食店経営者の秘書らしく至極真っ当な意見を述べたつもりだったが、龍悟は一瞬目を丸くすると豪快に笑い出した。

「はっはっは！　それもそうだなぁ」

「笑いごとではありません」

涼花が指摘すると、笑いを収めた龍悟が顔を覗き込むように身を屈める。

今日は涼花が高めのヒールを履いているので、並ぶといつもより顔が近い。龍悟はその距離をさらに詰めるように顔を近付けると、涼花の耳元に小さな呟きを零した。

「お前が無事なら、俺はそれだけで充分だけどな」

涼花の憂いをよそに、龍悟は涼花が特別なような言葉を囁く。そのまま頬をすり寄せ涼花のこめかみを優しく撫でる仕草は、まるで大型犬が自分の所有物に匂いを移すようだ。

「おっと、セクハラか」

涼花の頬に触れた龍悟は、なにかに気付いたようにすぐに離れていく。そして少しだけ照れたような笑顔を浮かべると、涼花の肩をぽんと叩いた。

「俺の付き添いもいいが、折角だしケーキも食えよ。甘いもの好きだろ？」

優しい言葉を残した龍悟が、控室の出入り口に向かって歩き出す。

急なスキンシップに驚いたせいで涼花の心臓はばくばくと音を立て始める。そんな小さな触れ合いは嬉しいが、今は仕事中だ。動揺を悟られないよう姿勢を正すと、涼花もいつものように先を歩く龍悟の背中を追って控室を後にした。

＊　＊　＊

パーティーの最後の挨拶を終えて招待客を見送ると、会場の片付けを後の者に指示し、三人は会社へ戻るための社長専用車へ乗り込んだ。革張りの座面に腰を落ち着けた龍悟は、助手席に乗り込んだ旭を苦笑しながら慰労する。

「ご苦労だったな、旭。お前、ほとんどなにも食えなかっただろ」

旭はあの後、薬が入った小瓶を持ってグラン・ルーナ社に帰社した。薬物は社長室にある管理金庫に保管し、本格的な対応は週明けにしようと考えていた。だが高度な研究所を要するアルバ・ルーナ社のラボに連絡を入れたところ、すぐに調査を始めてくれるという。旭は執務室から龍悟に報告し、今度はアルバ・ルーナ社へ向かって調査依頼の手続きを済ませると、その足でまたパーティー会場まで戻ってきた。

龍悟の指示で、しかもあまり公に出来ない事案に対応しているとはいえ、なかなか骨の折れる一日だったはずだ。しかし旭は助手席から首だけ動かすと、

「食べましたよ。琉理亜ちゃんにイチゴもらいました」

と嬉しそうな笑顔を浮かべた。

「あぁ、吉木社長の娘か」

「すごいですよね、琉理亜ちゃん。まさか限定デザートプレートを見つけちゃうなんて」

涼花の感嘆に龍悟も頷く。宝探しゲームの本来の目的は別にあったが、取引先の女性社員や役員の令嬢たちには思いの外好評だった。

店内の至る所に隠された『宝』である星形の飴《あめ》やチョコレートは、次々と招待客に見つけられていった。そしてその内たった三皿しか用意のなかった限定デザートプレートの一つを、吉木社長の幼い愛娘が簡単に見つけてしまったのだ。飴玉は観葉植物のプランターの中に隠されていたので、身長の低い女児には見つけやすかったのかもしれない。

琉理亜は得意気に胸を張っていたが、運ばれてきたデザートプレートの頂点にあったイチゴは、両親ではなく会場に戻ってきたばかりの旭の口の前に差し出された。

「藤川さん、気に入られていましたね」

涼花が呟くと、旭は少し照れたように肩を竦めた。

「それを言うなら社長でしょう。今日は一体、何人のご令嬢を紹介されたんですか？」

「……そんなこと、もう忘れたよ」

旭の軽口を聞いた龍悟が不機嫌に窓の外へ視線を向ける。もちろん記憶力も人付き合いも完璧な龍悟が、取引先や交流のある人達から身内を紹介されてその日のうちに忘れるはずがない。ならばその台詞は『その話題はしたくない』という意思表示だろう。察した旭はくすりと笑みを零すと、すぐに視線を前へ戻した。

歓談の最中、不在の旭に代わり涼花が龍悟の傍に付き従った。だがいつもより華やかに装った涼花の姿を認めると、顔見知りであるはずの取引先の重役たちは揃って気まずそうな顔をした。

涼花はそこまで鈍感ではない。すぐに距離をおくと彼らは安堵の息を漏らし、次の瞬間には喜色満面の笑みを浮かべて自慢の愛娘を龍悟の前に差し出した。

その様子を見ていると、やはり龍悟は雲の上の存在なのだと思い知る。彼らは龍悟に娘を紹介したいと思っていて、娘たちも龍悟からの関心を望んでいる。彼がこの中から誰を選ぶのか、それとも誰も選ばないのかはわからない。けれど華やかな女性たちに囲まれているい姿を黙って眺める気持ちにはなれず、涼花は人の群れからそっと離脱した。

そのお陰もあり、涼花は店舗やキッチンの様子、新しい調度品やメニュー表を自分の目で確認して、さらに大好きなフルーツタルトにもありつくことができた。

涼花がタルトやドリンクを幸せな気持ちで堪能していると、時折龍悟の前に群がる人とは別の重役たちに話しかけられた。彼らは涼花に対して自分の功績や、自分の息子の近況を語って聞かせてきた。

だが話が盛り上がってくると、決まって龍悟に呼び戻されてしまう。どこにいてもめざとく涼花の姿を見つけ、大した用事もないのに呼び戻す龍悟の行動には疑問を感じたが、その答えを導き出す前に最後の挨拶が始まってしまった。

今日の出来事を頭の中で整理しているうちに、社長専用車はグラン・ルーナ社の正面玄関前に到着した。

　車から降りてエントランスに入り時計を確認すると、時刻は二十時を回っていた。涼花がエレベーターに社員証をかざすとすぐに扉が開く。三人揃って乗り込むと、今度は旭が最上階のボタンを押した。

「今日の代休は半年以内に使えよ。半年越えたら俺は知らないからな」

「半年ですか……。それでしたらクリスマスにはギリギリ使えますね」

「ほう、いい度胸だ」

　また龍悟と旭が冗談を交わし始める。飲食業界で繁忙期となるクリスマスシーズンに代休を捻じ込む勇気は、涼花にはない。旭ももちろん理解していると思うが、長年付き合っている恋人がいるらしいので、クリスマスぐらいは一緒に過ごしたいのだろう。

「七面鳥が食いたいなら、届けてやるぞ」

「えぇ～？　会社にですか？」

「喜べ、アルバの直営農場で育てた特大サイズだ」

「デスクが汚れるので遠慮させて下さい」

「上品に食え、上品に」

「……ふふっ」

　涼花はいつものように聞き流そうとしていたが、大の大人が揃ってクリスマスのことでじゃれ合っているのを見ると、なんだか急におかしくなってきてしまった。

「あ、申し訳ありません」

　笑い声が零れてしまったことに気付き、指先で口元を覆う。下手に反応すれば夏のうちから分かるわけもないクリスマスの予定を聞かれそうな気がしたが、視線を上げると二人が涼花の顔を物珍しそうに見つめていた。

「いえ……いつも楽しそうですが、今日はより楽しそうだと思いまして……」

　顔を背けながら話題を振られないよう祈りつつ呟く。涼花は二人が微かに笑った気配を感じ取ったが、それ以上なにも言えずにいるうちにエレベーターは二十八階に到着した。

　エレベーターから降りると、執務室に向けて歩き出した旭が、機嫌が良い理由を教えてくれた。

「イベントが上手くいったからさ。次のパーティーのときに、またやってみてもいいかも」

　元々企画部にいた旭にとって、今日は懐かしい仕事だったのだろう。そして急拵《ごしら》えではあったが、内容的には十分手ごたえを感じられるものだった。帰り際に『本オープンが楽しみ』『また食べに来たい』と喜んでくれた招待客の顔を思い出す。

「そうですね。パーティーだけではなく、一般のお客様にも喜ばれそうです」

　涼花の意見に旭が満足そうに頷いた。もちろん秘書である旭や涼花は企画を打診する立場にない。自らの業務から逸脱する発言や行動をとれば、それがどんなに正論や正解であってもやっかむ人間はいるし、不協和音の原因となる。今回は社長命令という大義名分があったので異例の形で実行にこぎ着けたが、今後この経験をどう活かすかは企画部の優秀な社員達の手に委ねることとなる。だからこの話は、ここだけの話だ。

「で、社長が楽しそうなのは、今日の涼花がすごく綺麗だからですよね？」

「お前なぁ……」

突然話題を振られた龍悟は呆れたように息を吐いたが、否定も肯定もしなかった。結局二人の冗談めいたやりとりに巻き込まれた気がして、涼花は改めて二人の会話には反応しないようにしようと決意した。

揃って執務室に入ると、龍悟が各々のデスクに戻る二人にこの後の予定を尋ねてきた。

「俺はイチゴだけじゃ足りないので、牛丼でも食べて帰ります」

「私は頂いた名刺の整理と、スケジュールの調整だけ済ませます」

「ん？　なんか変更あった？」

「『リン』の副社長が、来週木曜に予定していた会食を別日にしてほしいとのことだったので調整します。大きな変更はそれだけですね」

「わかった。じゃあそれは涼花にお願いするよ。社長はどうされますか？」

「そうだな……」

問い返されて、龍悟が少し考えるような素振りを見せる。顎に触れながら首を動かす視線を追うと、ガラス越しの眼下に光の海が広がるのが見えた。

グラン・ルーナ社の最上階は、都心の夜景を一望できる絶景スポットだ。

「俺も少し残るか」

「なにかございますか？」

「いや、俺の個人的な都合だ。気にしなくていい」

訊ねた涼花の台詞をさらりとかわすと、龍悟は自分の席に腰を下ろす。仕事をするならコーヒーを淹れようと立ち上がった涼花の目の前で、旭が龍悟に向かって丁寧にお辞儀をした。

「それではお先に失礼いたします」

「ご苦労さん」

「お疲れ様です」

相当お腹が減っていると思われる旭を気の毒に思って視線を向けると、不意に旭と目が合った。なにかあるのかと小首を傾げるが、彼は小さく微笑むだけで結局なにも言わずに執務室を後にしていった。

＊　＊　＊

涼花の残業は十五分ほどで終了した。パーティーで交換した名刺のデータ化を終えて、スケジュール管理ソフトに予定の変更を入力する。その内容がタブレット端末にも反映されていることを確認すると、涼花は席を立って龍悟の傍に寄った。

「社長。終わりましたので、退社させて頂きます」

「ん、じゃあ帰るか」

「えっ……？」

残業の終了を告げると、さも当然のように返答され、思わず驚いてしまう。

「家まで送ってやる」

「え、そ、そのために残っていらしたのですか？」

涼花の家は会社の近くだ。繁華街や駅からもさほど離れていないのに周辺は落ち着いた住宅街という好立地のマンションは、ルーナグループが一部を社宅にしている物件である。しかも住宅手当が多めに支給されるため、新人でも給料の範囲内でやりくりしていける。だがそれゆえに、社員の入居数も多い。

「私の家、ここから徒歩圏内ですので……」

「それは知ってる。けど今日は薄着だし、女子なんだから危ないだろう」

「だ、大丈夫です……本当に」

他の社員に見られるのではと考えて再度断るが、龍悟は譲らない。

前にも似たやり取りをしたことを思い出す。前回は今日より遅い時間であったことと、強引に話を進められてしまったことで断り損ねた。それに結局、家まで送ってもらうこともなかった。

だが今日は違う。まだ遅い時間ではないし、今なら社長専用車の手配も出来る。涼花としては、龍悟には家まで送ってもらうよりも真っ直ぐ自宅へ帰ってもらう方が何倍もありがたかった。

「綺麗だな」

　口で説明するより今すぐ手配してしまった方が早くて確実かと考えていると、ふとそんな声を掛けられた。顔を上げると龍悟が涼花の顔をじっと見つめている。

「夜景ですか？　そうですね、この時間にこの高さから見ると……」

「夜景じゃない」

　普段は陽が沈む頃には西日を避けてブラインドを閉じてしまうので、夜景を眺めることはあまりない。二十八階から眺める光の海はさぞ綺麗だろうと窓の外に視線を移そうとするが、龍悟はそれを遮るように涼花の台詞を奪った。

　視線を戻すといつの間にか距離が縮まり、真剣な眼差しで見つめられている。

「前に言っただろう。俺のために笑えと」

「え？」

「今日はよく笑っていたな」

　話がよく飛ぶ。家まで送っていく話をしていたと思ったら夜景の話になり、今度は涼花の笑顔の話だ。なんの話をしているのかも、次になにを言われるのかも分からず、龍悟の目を見つめたまま動きを止めてしまう。笑顔の話からまた合コンの話になるのかと思うと、頬が引きつる気がした。

「俺の言った通りだろう？　お前が笑顔を見せてやれば、男共はすぐ落ちるって」

龍悟は合コンの話はしなかったが、その言葉は涼花の予想とも全くかけ離れていた。つい首を傾げてしまう。言った通りだろう、と言われても。

「えっと……なんの話でしょうか？」

「そうだな……今日お前に言い寄った男の数が三人。息子を勧められた数が二人……で、合ってるな？」

「か、数えてらしたのですか……？　というより、見てらっしゃったんですか？」

「ああ、見ていた……ずっと」

涼花はずっと、会場内で龍悟に姿を探されていたらしい。基本的には傍に付き従っていたが、取引先の役員達の思惑を察知すると彼の傍から離れるよう心掛けていた。そのせいで龍悟に不便を掛けたのならば、自分は秘書失格だと焦ってしまうけれど。

「なんでだろうな」

龍悟がふと疑問のような困惑のような台詞を呟く。

涼花に向けてなのか、自分に向けてなのかわからない問いかけ。

「俺が笑えと言ったはずなのに、他の男に笑いかけているのを見るのは、面白くない」

「……え？」

熱を含んだ視線と声で告げられ、涼花は全身が火照っていくような気がした。以前合コンに行くのを嫌がる素振りを見せたときと同じ、涼花の行動を律しているようでいて、誰でもない誰かを羨むような口振り。まるで嫉妬のような、少しの怒りの炎を孕んだ眼差し。

――この熱は危険だ。あの日と同じように勘違いしてしまう。期待してしまう。

きっと赤くなっているだろう顔を見られないよう俯くと、さらに距離を詰められる。そのまま近付いた龍悟の唇が、涼花の耳元にそっと寄った。

「お前は、笑うと可愛いよ」

龍悟の甘く掠れた言葉にまた囚われてしまう。ただのお世辞だとしても、そう言われて無反応でいられるほど涼花は褒められ慣れていない。ますます火照った顔色を悟られまいと思うと顔を上げられなくなってしまう。

そっと伸びてきた指先が、涼花の肩に触れる。細い肩を包むレースの生地は淡いブルーで、撫でるとさらさらと涼しい音を立てた。

「……綺麗だ」

夜景の話だと思っていた『綺麗だ』の台詞と、笑顔の話が唐突に結びつく。射止めて捕らえるような甘美な言葉に、体温が急上昇する。薄着のはずなのに、顔を中心に全身に炎が広がったように熱い。思考まで焼け焦げたように、言葉が出てこなくなってしまう。

このまま龍悟にばかり喋《しゃべ》らせてはいけないと、脳の奥から警告音が響いてくる。なにか言わなければ、と思った涼花の脳裏に、ふと謝罪と感謝の言葉が降りてきた。それは以前からずっと、龍悟に対して伝え損ねていた言葉だ。

「あ……あの、社長……」

「ん？」

「えっと……実は私、ずっと社長に伝え忘れていたことがあって」

前にも同じことを伝えようと試みた。だがエリカからの連絡のタイミングが悪く龍悟の機嫌を損ねてしまい、あのときは伝えられなかった。

もう今さらな気がするし、伝えたところで龍悟も困ってしまうかもしれない。だが涼花が勘違いをしてしまう前に、この妙に甘い空気は打ち破らなければならない。

そう思うと、これは良い機会であると思えた。

「時間が経ってしまいましたが、社長にちゃんと謝罪をしようと思っていたんです」

「謝罪？」

「はい。その……ご迷惑をおかけして、申し訳ありませんでした」

顔の熱が少しは引いてくれているのを願いつつ視線を上げると、目が合った龍悟が不思議そうに首を傾げた。けれどこの機を逃したら、また謝罪も感謝も伝え損ねてしまう気がした。だから涼花はそのまま話を続けた。

「私、以前の会食の席で社長に迷惑をかけて……ひどい状態だったのに、たくさんお世話をしてもらって……」

説明しているうちに、龍悟もなんの話をしているのか気付いたようだ。涼花が言葉を切ると優しい顔で微笑んでくれる。彼が話をちゃんと聞いてくれる合図だ。

「なのにそのことを忘れてしまっていて、謝罪もお礼もしていなくて。あのときはご迷惑をおかけして、本当に申し訳ありませんでした」

本来は上司を陰から支えるはずの秘書が上司の手を煩わせることなどあってはならない。けれど龍悟は自分のせいだと責任を感じて、わざわざプライベートの空間に涼花を招き入れて手厚く看護してくれた。

「ほんと真面目だなぁ。お前が申し訳ないと思う必要はないだろ。あれは忘れたんじゃなくて、最初から意識がなかったんだ」

龍悟が破顔したので、涼花は再び心を摑まれた。

確かに龍悟は前にもそう言っていた。エリカにも同じことを言われた。けれど、違う。

「でも私は……社長とのこと、忘れたくなかった……」

独り言が脳の奥に反響するのを感じ、そっと目を伏せる。

忘れたくなかった。覚えていたかった。

だって今もまだ、こんなにも惹《ひ》かれている。以前と変わらず慕い続けている。

けれど涼花は、龍悟の恋人にはなれない。龍悟はあくまで上司であり、涼花に向けられる情が愛などではなく、部下への信頼であることは感じ取っていた。

だからたった一度の思い出だとしても、肌を重ねられて嬉しかった。それだけでも十分なのに、そのまま忘れてしまうと思っていた龍悟は涼花の全てを覚えていた。そして彼はいつものように優しい笑顔で、涼花のトラウマを取り払った。

涼花には龍悟が運命の人のように思えたのに。

龍悟は怖いぐらいに完璧だった。暗闇の中で誰かのぬくもりを求めていた涼花に、彼は溢れんばかりの笑顔と可能性を向けてくれた。そしてその二つを涼花の両手に握らせて『恋愛をしろ』と無理な要求した。

無理に決まっている。だってまだ、こんなにも。

「……すき」

なのに――。

「それは」

「……え？」

「どういう意味で言っている？」

ふと低い声が耳に届く。数秒遅れて顔を上げると、少し照れたように口元を押さえた龍悟が困った顔をして涼花の瞳を見つめていた。涼花は『社長でもこんな顔をするんだ』と意外に思ったが、その直後に自分の失言に気が付いた。

（し、しまった……！）

心の中の秘めごとのつもりが声になっていたらしいことに、かなりの時間が経過してから気付く。自分ではどこからどこまでを口走っていたのかわからない。けれど龍悟の反応を見れば、余計な言葉を口にしたのは明らかだ。

「俺の勘違いじゃない、という認識でいいのか？」

涼花は自分の発言を取り消そうと慌てたが、龍悟はすぐにその手首を摑まえて、自分の方へぐっと引き寄せた。

「秋野？　忘れたくないんだろう？　……それはなぜだ？」

龍悟の整った顔が眼前に迫ってきて、思わず顔を背ける。詰め寄られた涼花に逃げ場はなく、訂正も誤魔化しも間に合わない。

「え、いえ……それは」

「ここまで言っておいて、言わないつもりなのか？」

責められるように問われ、頭が真っ白になってしまう。迂闊にもほどがある。これまでの三年間、表に出さないようにひた隠しにしてきた想いを、まさか自分で暴露してしまうなんて。

――あぁ、もうここにはいられない。この想いを知られるわけにはいかなかった。

来週から気まずい思いをしながら、そして龍悟に気まずい思いをさせながら仕事が出来るほど涼花の神経は図太くない。だが振られたからといって即座に頭を切り替えられるほど心の構造も簡単ではない。

こうならないために、ずっと隠してきたのに。陰の存在として誠心誠意尽くせるだけで幸せだったのに。十分満足していたのに。

「秋野？」

呼ばれて視線を上げると龍悟は笑っていた。慈しむような、優しい笑顔で。

その笑顔にまた見惚れる。勘違いしそうになる。

龍悟から離れるために掴まれた手首を引っ込めようと力を入れる。けれど涼花の動きを感じた龍悟が一瞬早く指先に力を込めたせいで、わずかな抵抗も形にならなかった。

そのまま数秒、数十秒と時間が過ぎる。じっと見つめ合ったまま、なにも言えないまま、身体の温度だけがじわりと上昇していく。

龍悟は涼花の口から答えを聞きたかったようだ。けれど涼花が硬直して動けなくなってしまったことに気が付くと、ふっと表情を崩して微笑んだ。

「もういい、わかった。お前が言えないなら、俺が言ってやる」

その宣言に怯んだ涼花は、そこから一歩でも後退しようとした。龍悟の瞳に宿った温度に気が付くと、思わず逃げたくなってしまった。

けれどそれはかなわなかった。龍悟は手首を握る手と逆の手で涼花の腰を掴み、そのまま力を込めてきた。開こうとしていた距離があっという間に縮む。

「俺にはお前が必要だ。秘書としてももちろんだが、それ以上にもっと近くにおいておきたくなった。俺はお前が――」

龍悟の指先が顎の下に添えられ、そっと視線を誘導される。腰に回された腕に力が込められると、いつもより高いヒールの上でさらに踵《かかと》が持ち上がる。

首に触れられたくすぐったさを感じる暇もなく、涼花の唇はそっと塞がれていた。

第四章

誘われるままに連れてこられた場所は前回とは違うホテルだったが、背中を押されて足を踏み入れた部屋はやはり思わず絶句するほど広かった。呆然《ぼうぜん》としていると耳元で『一緒に風呂に入るか？』と恥ずかしい質問をされた。慌てて首を横に振ると、にこりと笑った龍悟にバスルームへ放り込まれてしまった。

仕方がないので、熱いシャワーで汗を流す。その後、意を決してバスルームから出ると、涼花と入れ替わるように龍悟もバスルームへ消えて行った。

「はぁ……もう……」

一人になった室内をぐるぐると歩き回りながら、先ほどのキスを思い出す。

龍悟のキスは力強くて優しかった。逞《たくま》しい腕で腰を強く抱かれると、つま先立ちのように身体が浮き、まるで涼花がキスをねだるようになってしまった。けれど顎先を撫でられてそのまま優しく口付けられれば、抗議の言葉などすぐにどこかへ飛んでいった。

「今日ってエイプリルフールじゃないよね……？」

七月初旬の暑さが増す季節に、四月一日が突然やって来ないことは理解している。広い部屋にはカレンダーが見当たらないので、代わりに壁にはめ込まれた鏡を覗き込む。そこには見慣れないバスローブ姿の自分がいた。

「夢かな……？」

鏡に向かって頷きながら話しかけると、鏡の中の自分も静かに頷く。

「うん。やっぱり、そうだよね」

鏡の中の涼花も、そうだと頷いている。だってこんなにも高級なバスローブなんて着たことがない。生地に触れると質感は滑らかで心地よく、涼花が知らない未知の繊維で織られているように感じた。

あまりにも現実からかけ離れている。バスローブも、広い部屋も、シャワーを浴びる龍悟を待つ時間も、優しい口付けも。

長いキスのあと、龍悟は涼花の耳元に『もう一回言おうか？』と意地悪な台詞を囁いた。顔が火照るだけでなにも言えずにその瞳を見つめていると、龍悟は再び笑って『好きだ、涼花。俺はお前がほしい』と低く甘く囁いた。

思い出してまた耳を押さえる。龍悟の声と言葉が脳と鼓膜の間を行ったり来たりして、何度も繰り返している気がする。まるで涼花の身体の中で同じ言葉が反響しているようだ。

「……絶対これ、夢だと思う」

確かに涼花は龍悟を想っていた。仕事中はビジネスパートナーとして最良でありたいと思っているが、それ以上に彼が男性として魅力に溢れる人であることも理解していた。たまたま業務上近くにいるというだけで、本来龍悟は手の届かない憧れの存在……高嶺の花だ。

だから異動で秘書の任を解かれて物理的な距離をとるか、龍悟が結婚して法的に手が届かない存在になるまで、この気持ちは隠し通すはずだった。自分の中で諦めがつくか、諦めなければいけない状況になるそのときまで、誤魔化し続けていこうと決めていた。

なのにその龍悟が涼花を好きだと言う。お前がほしい、と真剣な顔で口説くのだ。そんな奇跡、あり得るのだろうか。

これが現実なのだとしたら、肌を重ねたことで情が生まれて特別扱いされているだけなのかもしれない。もしくは涼花が知らないうちにどこかに頭をぶつけて言動がおかしいのか。いや、それよりも今日はパーティーで、少量だがアルコールを口にしていた。

「社長、もしかして酔ってるのかな……？」

「酔ってねーよ」

「ひゃあっ……!?」

近距離で声が聞こえた気がして視線を上げると、鏡の向こうから龍悟がこちらを見つめていた。目が合って思わず鏡から飛び退くと、背中に衝撃を受ける。驚いて振り返ると龍悟が涼花の顔を覗き込んでいたので、再度同じような悲鳴を上げてしまった。

「なにしてるんだ、鏡の前で」

呆れた声で問いかけられたので、心音を宥《なだ》めるように胸を押さえて顔を上げると、首を傾げた龍悟が涼花を凝視していた。

サイズは違うが、龍悟も涼花と同じバスローブを身に着けていた。垣間見えた胸元と首筋からは色気が漂っていて、涼花はつい視線を逸らしてしまう。目のやり場に困る。

「いえ、その……ふわっ⁉」

顔や胸元を直視しないように言い訳を考えていると、屈んだ龍悟に突然身体を抱き上げられた。天井が見えた直後に身体がふわりと浮き上がったので、驚いて大きな声を発してしまう。

「社長……っん」

すぐ傍にあったベッドの中央に涼花の身体を下ろした龍悟は、制止を口にしようとした唇の端に小さなキスを落として言葉を遮った。

思わず目を閉じてしまう。すると今度は反対の唇の端に口付けられた。それから指先で前髪を優しく掻《か》き分けられ、晒された額にも唇が寄せられる。優しい触れ合いが恥ずかしくて、もどかしい。

触れていた唇が離れたので、閉じていた目をゆっくりと開ける。視界の先に龍悟が微笑む姿を見る。その唇が涼花の唇に重なると同時に、緊張した身体も柔らかなシーツの上に押し倒された。

「ふ……ぁ」

閉じた唇を舌先でそっと撫でられると、緊張していた身体から徐々に力が抜けていく。

腕にしがみつく指先にもだんだん力が入らなくなっていく。

龍悟は涼花の身体から気が抜けた隙を見計らったように、少し開いた歯列の間から口内に舌を滑り込ませてきた。また驚いて身体が反応する。舌同士が触れ合うと、そのまま熱で身体が溶けてしまいそうな気がする。そんな想像をするだけで背中がぞくぞくとざわめく。涼花の舌を捕えた龍悟は、舌の輪郭に自らの舌を絡め始めた。

「はぁ……ふぁ……あ」

お互いの境界線が交わった部分からじんわりと唾液が溢れてくる。熱で溶けたバターのように、口の中が甘ったるい熱で満たされて、溺れそうになる。

端から溢れた蜜は、一瞬離れた龍悟の舌先に追いかけられ丁寧に掬《すく》い取られた。そして再び口内に侵入してくる熱とより深く絡み合う。

這いまわる熱の塊に思考ごと蹂躙《じゅうりん》されていると、ふと首筋に指先が触れる気配を感じた。バスローブの端をなぞるように下へ向かった指は、布が重なり合う場所で一旦止まると、生地の内側にそろりと侵入してきた。

「ん……ぁ、ぁっ」

中に忍んできた手が涼花の胸をゆっくりと包む。その動きと頭の片隅に残っていた羞恥心が龍悟の先の行動を教えてくれる。

「あん、やっ……！」

龍悟が胸の真ん中で主張し始めていた突起を指で弾くと、急な刺激に身体がぴくんっと跳ね上がった。

　キスの合間に高い声が出たことに自分でも驚いてしまう。羞恥を感じて龍悟の顔を見上げると、彼の口の端から二人分の混ざり合った唾液が糸を引いていた。気付いた龍悟が自分の親指の腹で唇の端を拭う。その仕草も異様なほどに艶めかしくて、涼花は思わず息を飲んだ。

　自分もはしたなく唾液を零しているのかもしれない。不意にそう思って指先で唇に触れる。思った通り、まるで花蜜でも吸ったように涼花の唇も濡れていた。

「……っ」

　恥ずかしくて逸らそうとした視線は、ふと龍悟の指先に吸い寄せられた。見ると涼花が纏うバスローブの結び目の端を指先でつまんだ龍悟が、愉快そうにそれを引っ張っているところだった。制止する間もなく結び目はほどかれ、ウエストの近くで布地を留めていた支えはいとも簡単に失われてしまう。

「や……！」

「相変わらず大きいな」

　ほどけたバスローブの中から露わになった胸を見下ろした龍悟が、楽しそうに呟く。大きい、の意味を理解して咄嗟に隠そうと思ったが、

「なんだ、下は穿《は》いてるのか……どうせ脱ぐのに？」

　と揶揄《からか》われると、どこを隠すのが正解かわからなくなった。

「え、えっと……こういうとき、どうしたらいいのか……わからなくて」

一応言い訳のつもりで答えたが、経験の浅さを露呈しているようでそれはそれで恥ずかしくなってくる。

だがそこまで言ってふと気付く。同じバスローブを着て、涼花が下着を身に着けていることをわざわざ指摘してくるということは、龍悟はバスローブの下に下着を着けていないということだろうか。視線が意図せず彼の下半身へ向いてしまう。

「……触るか？」

「いいいぃぃです……！」

察したように確認されたので勢いよく顔を逸らす。龍悟は喉の奥で笑うと、涼花の上に覆い被さって身体の距離を近付けてきた。そして胸の膨らみを愛おしそうに包みながら、さらに意地の悪い言葉を耳元で囁く。

「どうしてだ？　触ってみればいいだろう」

片手で揉んだり優しく撫でたりと淫らな刺激を与えながら、もう片方の空いた手で涼花の手を取り、自分のバスローブの結び目に誘導する。まるで『ここを引っ張れば答えがわかる』とでも言いたげに、涼花の手に紐《ひも》の端を握らせる。だが難易度の高い要求の最中に胸を直接揉まれる刺激と羞恥心が重なれば、涼花の思考はとても追い付かない。

「ふぁ……ん、んっ」

快感に堪える声が喉の奥から零れると、龍悟は胸の愛撫に没頭し始めた。指先が胸を優しく摑むと、その刺激が伝導したように腰の奥が痺れる。違和感を逃そうと腰をくねらせると、さらに追い詰めるように胸の突起をくにくにと弄られた。

「んぁ、ぅ……ふ……」

綻んだ小さな蕾《つぼみ》は少し強く押されるとすぐに柔らかく熟れるのに、また指先でくるくると撫でられるとぷくりと屹立《きつりつ》を始める。

龍悟の熱い視線に見つめられるとそれだけでどうにかなってしまいそうなのに、乳首の変化を楽しむように同じところばかりを執拗に弄られると、自然と腰が浮いてしまう。

「しゃちょ……う……」

悪戯から逃れたくて、懇願するように呟く。涼花の退路を完全に塞ぐほど龍悟が意地の悪い人間ではないことは知っている。だから下手に出たつもりだったのに、手を止めた龍悟は涼花が予想もしていなかったところを拾い上げた。

「涼花。仕事以外でも『社長』だと疲れないか？」

「……えっ？」

突然真顔で尋ねられ、思わず間の抜けた声が出てしまう。

「いえ……でも、他にどう呼んだら……」

胸への刺激が止んだことに安堵する間もない。龍悟はまた新しい意地悪を思いついたように楽しげな笑顔を浮かべている。

「俺の名前、知ってるのか？」

困惑する涼花を揶揄うことが好きなのか、龍悟はそんな質問をしながら再び胸に指を這わせ始めた。今度は右手で胸の膨らみを揉みしだき、左手は乳首を弄ぶ。

「っふぁ、あ……あたりまえっ、じゃ、なぃ……ですか……！」

「なら呼べばいいだろう」

龍悟は楽しそうに言うが、涼花にはとても実行できそうにない難題だ。

名前はもちろん知っている。一ノ宮龍悟——愛しい名前だ。

だが仕事中に彼の名字を呼ぶことはあっても、下の名前を呼ぶことはほとんどない。今も愛しいからこそ照れてしまうし、一度呼んで慣れてしまえば仕事中にもうっかり呼んでしまいそうで怖いと思う。

「涼花？」

優しい声音で乳首を撫でられても、涙目で耐えることしかできない。淫らな悪戯にふるふると首を振って意思を示すと、顔を覗き込んだ龍悟がふっと表情を崩した。

「真面目なお前には難しいか」

悪戯に対する謝罪代わりに唇を重ねると、再び深く奪われる。

不意に胸から離れた指先は、そのまま涼花のショーツの端に引っかけられた。さらに反対の指が脇腹に這い寄ると、そのくすぐったさに驚いて身体を浮かせてしまう。龍悟はその反応まで織り込み済みらしく、臀部《でんぶ》とベッドの間に空間が生じると、膝の辺りまで一気にショーツをずり下ろされてしまった。

「名前は徐々に慣れさせるとして……」

　不敵な笑みを浮かべると、太腿の間にするりと指先を滑り込ませる。ショーツを剝ぎ取られたことには気が付いていたが、黒い瞳と濡れた唇から放たれる色香に抗う術など涼花は持ち合わせていない。

「こっちはすぐにでも慣れてもらわないと困るぞ」

　笑顔の中に喜びと少しの焦りが混ざる。指先が恥丘の上を進んで茂みの奥にある窪《くぼ》みに辿り着くと、涼花の身体は歓喜に跳ね上がった。

　咄嗟に太腿を閉じて彼の手の動きを阻んだが、力強い指先は涼花の抵抗など気にした風もなく、あっさりと濡れた花芽に到達してしまう。声にも視線にも指遣いにも、そして仕草や色気にも酔い痴れていたそこはすでにしっとりと濡れていて、潤いを与えながら龍悟の指先を誘った。

「……あっ、あ……やぁ、ん」

　指を少し動かされるだけで、喉から自分のものではないような甘ったるい声が溢れてしまう。恥ずかしさに口元を押さえても零れる声は止められない。

「んぅ……ふ、ぁん……っ」

「いい反応だ」

　楽しそうな台詞に顔から火が出そうなほど恥ずかしくなる。だが必死に声を押さえようとしても、龍悟はそれを許してくれない。いつの間にか蜜口に移動していた指先は、溢れた愛液を纏うように淫らに濡れていく。

丁寧な愛撫に伴う水音が、だんだん大きく響いて涼花の思考を奪う。蜜孔の縁から侵入した指が限界の深さに到達する頃には、零れる声を留める努力さえ忘れていた。

「ん、んん……あん、ぁっ」

与えられる快感に負け、腰が自然と龍悟の指の動きに合わせて前後する。

「気持ちいいか？　こうされるの、好きだろ？」

「あ……わ、かりませ……ッ、ふぁあっ」

わからない、と首を振っても身体は勝手に反応してしまう。喉を鳴らしながら浅い息継ぎを繰り返していると、ぐちゅ、と淫猥《いんわい》な音が鼓膜を刺激した。

指で深い場所にある突起を擦られると、子宮の深くから津波のように快感がせり上がってきて、思わずふるるっと身を震わせる。

そのまま龍悟の指先が蜜壁を擦り続ければ達することが出来たのに、彼は絶頂の気配を感じると、愛撫を止めて手を引っ込めてしまった。

「ふ……っ、はぁ……え……？」

快感の逃し場を失った涼花は、蜜壺をヒクつかせながらぼんやりと龍悟の顔を見つめた。彼は涼花の手を取ると、再び自分のバスローブの結び目にその手を持っていく。

どうやら先ほどの悪戯の続きらしい。龍悟はまだ諦めていなかったようだ。涼花は少し呆れた気持ちになったが、達し損ねた焦燥感から抗議の言葉も浮かんでこない。けれど上質なバスローブの隙間から見える龍悟の肌の温度は直に知りたいと思ってしまう。そんなはしたない感情だけが子宮の奥で悶えている。

「ほら」

龍悟に優しい声で諭されると、思考がとろけきった状態では従うことしか出来ない。導かれるままにバスローブの結び目を引くと、龍悟の身体を包んでいた白い布がはらりと肌蹴た。

理性などとっくに消え失せていたが、龍悟の裸体を直視することは躊躇われた。わずかに残った羞恥心から視線を彷徨わせていると、大きな手に摑まえられた涼花の太腿は突然左右に開かれ、露わになった秘部に龍悟が顔を埋めてきた。

「う、嘘……や……やあぁんっ」

なにが起こったのかを知る前に、空気の冷たさを感じていた秘所がヌルリとした温かい感触を拾った。

突然生じた感触を、はじめは『温かくて柔らかいなにか』としか認識できなかった。だがそれが龍悟の舌と気付いたときにはなにもかもが遅く、這いまわる舌先は涼花の花芽に寄せられ、唇は蜜を味わうように強引にそこを吸っていた。

「やぁ、あん、しゃ、ちょ……っ、ん……やめ、ふあぁッ……」

途切れる息の間を縫って言葉を発しようとするも、意味のある言葉にはならない。その間も龍悟は花芽を口に含み、軽く歯を立てて舌先を動かしている。

未開の萌芽《ほうが》に唇を寄せられると、強すぎる刺激に太腿がガクガクと震えだす。足を閉じようと内腿に力を込めるが、大きな手に摑まれていてはそれもかなわない。ただ乱されて、暴かれて、濡らされて、震えることしか出来ない。

「あっ、あぁ、あぁぁん」

先ほど達し損ねて敏感になっていた身体は簡単に果てた。なにもない空間に白い星がチカチカと煌《きら》めいては消えていく。意識が飛びそうなほどの快感に晒され、身体がびくびくと過剰に震えた。

「はぁ……は、ぁ……」

龍悟は絶頂の波が過ぎ去りぐったりとした涼花の脚を拡げると、蜜孔の奥から溢れ出した愛液も丁寧に舐め取った。涼花の下半身はその刺激にも震えたが、彼は気が済むまで愛蜜を味わい続けた。

「お前が目を背けるからだぞ」

膨らんだ陰核だけでは飽き足らず、蜜口の浅い場所まで丁寧に吸い尽くされた。ようやく唇を離した龍悟にそう叱責されたが、涼花には言い訳をする元気も理性も抵抗力もない。

「だ……だって……」

すでに上司に対する丁寧な言葉遣いなど、どこかへ吹き飛んでいる。龍悟はそれを望んでいるようだが、涼花はふとした瞬間に自分の立場を思い出し、その度に口を噤《つぐ》んでしまう。

「ちゃんと見ていろ」

龍悟はそう宣言すると、脱力した涼花の股を再び拡げた。見ると今度は顔ではなく猛った陰茎が押し付けられている。いつの間にか避妊具が着けられた凶器のような存在に内腿がぴくっと反応したが、拒否の言葉は出なかった。

むしろその熱い楔《くさび》で早く貫いてほしくてたまらないとさえ思う。言葉にはできないが、口元を覆いながらじっとその様子を眺める涼花の視線に、龍悟は気付いているはずだ。

指で入り口を拡げられ、ぬかるんだ場所に膨らんだ先端が宛がわれる。避妊具に塗られた潤滑液は体液よりも冷たく、触れると蜜口がひくんと収縮する。

「あ……、ン……」

息を吐いて弛緩《しかん》した瞬間、亀頭をぐぷ、と埋められる。冷たいと思ったのは最初だけで、挿入された雄竿は涼花の膣口を焼くほどに硬くて熱かった。

折角息を吐いて力を抜いたのに、また身体が強張る。十分に濡らされていたが、ず、ず、と太い幹を飲み込む度に、喉の奥からは途切れ途切れの声が漏れてしまう。

「ほら、入っていく……分かるか？」

「やん……あっ……ああ」

腰を抱えながら、見せつけるようにわざとらしく呟く。涼花の拒否の言葉など気にした様子もなく、龍悟はゆっくりと腰を落としながら確実に自分の存在を刻み込む。ゆるやかな貫通に涼花の下腹部は表現しがたい圧迫感で満たされ、再び頭がくらくらする気がした。

「ここが……一番奥だ」

「っぁ……あ……んぅっ」

「痛いか？」

痛みの具合を確認されたのでそっと顎を引く。けれど龍悟は『そうか』と呟いただけで、他になにか言うこともなくすぐに腰を引き始めた。

「あぁ、んっ……ん」

「……っ」

蜜孔から圧迫感が薄れていく感覚に、思わず力が入る。まるで去るものを引き留めるような淫花の収縮と切ない声に、龍悟が一瞬息を詰める気配がした。だが涼花がその表情を確認する前に、入り口付近まで抜けかけた熱い塊が再び奥まで侵攻する。

「は……あぁ……あっ、んっ」

ゆったりとしたスピードで突かれると、また身体が震え出す。最初は涼花の反応の一つ一つを愉しんでいた龍悟も、気付けば額にじっとりと汗を滲ませて切なげな表情を浮かべている。次第に抽挿のスピードも加速していく。

腰を打ち付ける衝撃の間隔が縮んでも、涼花の最奥は的確に射抜かれ、突かれるたびに奥から蜜液が溢れ出してくる。龍悟の腰の動きに併せて胸もふわふわと揺れ動く。

「涼花……」

「あっ、あぁ、んっ……あ……」

龍悟が名前を呼ぶ声が聞こるが、涼花には喘ぐことしか出来ない。熱の塊と内壁が擦れる度に快感が高まり、身体は甘く痺れてしまう。その痺れが腟内のあちこちに生じるせいで、涼花は限界を超える寸前だった。

「はぁ……あぁ……あ、しゃちょ、……っ」

「――は、……涼花っ……」

「だめっ……あぁ、んっ……ふあ、あああッ！」

何度も何度も同じ場所を突かれ、脳の裏側で白い火花が飛び散る。蜜壺の奥がきゅうんと強く収縮すると、龍悟も再び息を詰まらせた。腰と陰茎を震わせながら勢いよく吐精する感覚を、薄い膜の向こうに感じ取る。

痙攣した凶暴な熱源はほどなくして鎮静したが、一方ですぐに収まると思っていた涼花の身体の震えはしばらく続いた。涼花は自分の身体がどうにかなってしまったのではないかと感じたが、深い快感にあてられたせいで全身がひどく敏感になっているようだった。

薄い膜を取り去った龍悟が、ベッドの上で恍惚《こうこつ》としている涼花の身体をゆっくりと抱き寄せる。

「大丈夫か？」

「……はい」

腕枕をされて額に張り付いた髪を優しく払われ、さらに頭を撫でられる。汗で髪の中まで濡れているからあまり撫でないでほしいのに、頭はぼーっとするし、身体はだるいのでうまく言葉に出来ない。

　されるがままになっていると、残存していた快感が徐々に遠のき、逆に気恥ずかしい気持ちが一気に押し寄せてきた。

「社長、バスローブ……着てもいいですか？」

「いや、だめだ。涼花の身体が気持ちいいから、俺はこのまま抱いて寝る」

「⁉」

　恥ずかしさを和らげるために提案したのに、それを上回る恥ずかしい台詞を呟かれた。きっと赤くなっているだろう顔を見られまいと、シーツの端を頰の傍まで引き上げる。もぞもぞと隠れた涼花の様子を見て、龍悟が笑いながらまた頭を撫で始めた。

　目尻を下げ、口元の端をゆるく綻ばせる顔は涼花も初めて見る表情だ。龍悟は仕事中も常に笑顔を絶やさないが、それとはまた違う笑顔を向けられる。

　涼花はそんな表情にぼーっと見惚れていただけだが、目が合った龍悟は涼花が別の感情を抱いていると解釈したらしい。

「なんだ？　もしかしてまだ仕事に支障が出ると思っているのか？」

　考えていたこととは全く違うことを指摘されて、思わずはっとする。

　甘い空気に流されてすっかりと忘れていたが、日曜を挟んで月曜からはまたいつもの仕事が始まる。龍悟とこうして想いが通じ合うとは微塵も想像していなかったので、職場での心配などすっかり頭から抜け落ちていた。

う、と言葉を詰まらせる。とりあえず旭には報告しなければならないだろう。そんな報告などしなくても鋭い彼なら察しそうだが、言わずに隠すのは気が引けるし無理があると思う。

それに大変なのは旭よりもその他の人々だ。社内外問わず、社長とその秘書が特別な関係であると知られて得なことは一つもない。涼花も龍悟も独身ではあるが、一度でも不適切な関係だと噂が立てば、影響が大きいのは涼花ではなく龍悟の方だ。

「問題ないだろ。俺は公私の区別は出来るし、お前は隠すのが上手だしな」

涼花の青ざめた顔を見た龍悟がなんでもないことのように笑い出す。

「俺は知られても構わないが」

「なにをおっしゃるのですかっ」

思わず怒りを含んだ声が出る。

龍悟は一瞬の間をおいたが、すぐにふっと笑みを零した。涼花は唇を尖らせて引き締まった胸板を手のひらで押し返すが、小さな抵抗は龍悟には全く効果がなく、伸ばした手首はあっけなく掴まれてしまった。

「お前が秘密の関係を楽しみたいなら、俺はそれでもいいぞ？」

涼花の手のひらに唇を寄せながら、悪びれもなく笑う。涼花は「そういう意味で言っているのではない」と思ったが、抗議の言葉を紡ぐ前にふいっと顔を背けられてしまった。

そのまま空いた手で口元を押さえた龍悟が、静かに息を漏らす。どうやら欠伸を噛み殺していたようだった。

「社長、今日はお疲れでしょう。もうお休みになって下さい」

「あぁ……そうだな」

怒りの感情を仕舞い込んで頬を膨らませると、龍悟も素直に頷いた。

今日は朝からパーティーの準備に追われ、主催としてイベントに臨み、涼花の残業に付き合わせた挙句、体力まで使わせてしまった。疲労を隠せていない肩にシーツをかけると、龍悟は涼花の身体を抱き寄せてそっと目を閉じた。

静かになった腕の中で温かい体温と静かな鼓動を感じる。

しばらくは先に眠ってしまった龍悟の睫毛《まつげ》を見つめていたが、そうしているうちに涼花の元にも眠気がやってきた。

今のうちにバスローブを着てしまおうかと考える。だが愛しい人の腕の中から逃れてそれを実行に移す前に、やってきた眠気が涼花を夢の世界へ滑り落とした。

＊　＊　＊

隣にいた龍悟が動いた気配がして、涼花もそっと目を開けた。いつの間にか天井のシャンデリアの灯りは消え、ほんのりと明るいベッドランプだけが枕元を照らしていた。

ベッドに肘をついてのそりと上半身を起こすと、自分がなにも身に着けていないことに気が付く。昨日どこかへ放り投げたはずのバスローブを視線だけで探していると、涼花の起床に気付いた龍悟もぼんやりと目を開けて布団の中で身体を伸ばした。

目覚めた龍悟に裸体を晒さないうちにバスローブを着ようと手を伸ばしてみたが、どうやらベッドの真下にはないようだ。一体どれほど遠くに放り投げたのだろう。とりあえず着衣は一旦諦めて、動き始めた龍悟に気恥ずかしい気分で朝の挨拶をする。

「おはようございます、社長」

「あぁ……おは……」

ところが寝ぼけた様子で返答しかけた龍悟の朝の挨拶は、最後まで言い終わらないうちに立ち消えてしまった。一瞬の停止の後に勢い良く起き上がった龍悟は、涼花の顔を見て驚愕に目を見開いた。

「秋野？　お前、なんでここに……？」

龍悟が信じられないものを見つけたように涼花の顔を凝視する。明らかに動揺した様子の龍悟は、驚きと困惑のまま静かに眉根を寄せた。

「社長……？」

そんなに驚くことではないのに、と思う反面、龍悟と目を合わせたことで涼花の心に小さな不安が過る。起きたばかりでまだ静かなはずの脈拍に、嫌な音が混ざり始める。

龍悟は涼花の顔を見つめていたが、不意に視線を外すとカーテンが閉じられた薄暗い部屋をぐるりと見回した。

「ん？　ここは……？」

周囲の様子を確認して呟く。つい数秒前に自分で『なんでここに』と言ったものの、龍悟自身が現在の居場所をわかっていない様子だ。

寝ぼけているのだろうか。そういえば前回ホテルに泊まったときは、龍悟が目覚める前に部屋を出てきていた。龍悟に世話になった日は、彼の方が先に起きていた。だから涼花は龍悟の朝の様子を知らない。もしかしたらすごく寝起きが悪くて、起床の直後は頭がはっきりしないのかもしれない。

そう思いたい。けれど。

「社長、あの……」

ドクン、ドクン、と心臓が早鐘を打つ。

涼花はこの目を知っている。過去にも同じ目を向ける男性がいた。涼花と口付けをして抱き合った愛しい人が、その夜をなかったことにした空虚な瞳。愛し合ったはずの記憶を失って困惑する視線。

涼花の顔を見つめる龍悟の動揺の色は、彼らの瞳に宿った色と同じだ。だから思わず、目を合わせないよう顔を背けてしまう。

「さ、昨晩のこと……覚えていらっしゃいますか？」

口の中が異様に乾いている。言葉はなんとか紡ぎ出すが、その目を見つめることはできない。視線を上げると涼花を見下ろす瞳になんの感情もない気がして――それどころか、龍悟の瞳に自分が映ってすらいない気がして、とても見上げる気にはなれない。

「いや……。あ、いや……違う。覚えて、る……」

龍悟は何度か自分の言葉を訂正しながら、覚えている、と呟いた。

けれど、涼花は知っている。龍悟はきっと――覚えていない。

「どこまで、覚えてらっしゃいますか」

涼花の問いに龍悟はかなり的外れな説明を始めた。だが的外れだと思っているのは涼花だけで、龍悟は至って真面目だった。

「……昨日はGLSのパーティーで、お前が残業を終えたら送っていこうかと……」

涼花が覚えているかどうか訊ねたのはその後の話だ。だがおそらく、龍悟にはその後の記憶がない。だから昨晩の『覚えている』範囲のことを説明しようとすると、こうも簡単に食い違ってしまう。

今すぐここから逃げ出したい衝動が湧き起こる。龍悟になにかを言われる前に、現実を突きつけられる前に、彼に冷たい視線を向けられる前に、一刻も早くこの場から消えてしまいたい。

「……秋野」

「っ……」

黙り込んでいると、心配そうに名前を呼ばれた。だが心配してくれているはずのその声にさえ、涼花は胸を抉られるような気持ちになった。

龍悟は涼花を『秋野』と呼ぶ。『涼花』とは呼んでくれない。昨日あんなにたくさん耳元で優しく呼ばれた名前が、いつもの仕事のときのような名字での呼び方に戻っている。

それで十分だった。それが答えだと、理解した。

純白のシーツの色にさえ目が眩む。気を抜くとそのまま意識を失ってしまいそうなほど、全身から血の気が失せていることを自覚する。

「社長。私が以前、社外でお会いした際に話したことを覚えてらっしゃいますか？」

俯いたまま問いかける。それは涼花の胸の中にある小さな疑惑だ。

涼花の問いかけに龍悟が低く頷く。

「あぁ、覚えている。お前を抱いた男が、それを忘れるという話だろう？」

「はい」

「……俺は、忘れてない」

「……はい」

不安げな声のまま呟いた龍悟に、涼花もそっと顎を引く。

龍悟は涼花の過去の話そのものも、それを確かめると言って涼花を抱いたことも、翌週になってもしっかり覚えていた。もちろん今も覚えているだろう。そしておそらく薬を盛られた夜のことも覚えているはずだ。

「社長、もう一つだけよろしいでしょうか」

でも昨夜のことは忘れている。否、昨夜のこと『も』忘れている。

「先月十六日に役員会議があったのを覚えていますか？　藤川さんが定時退社したので、私が代わりに同席した日です。その会議の後……執務室に戻った後のことは、覚えていらっしゃいますか？」

龍悟が記憶を引き出しやすいよう、出来るだけ事細かに情報を伝えて問う。すると龍悟が息を飲んだ気配がした。

龍悟は黙ってなにかを考えた後、観念したようにそっと息を吐き出した。そして隠しごとを白状するように、そのときのことを教えてくれる。

「……いや、覚えていない」

「……」

「俺もおかしいと思っていた。会議が終わったところまでは覚えているのに、その後どうやって家に帰ったのかを覚えてないんだ。けど次の日出社したら、会議で使った資料がデスクに残っていた。だから疲れて俺の記憶が飛んでいるだけなのかと……」

――あぁ、やっぱり。

龍悟の説明を聞いている途中から、涼花は全てを理解していた。あのキスの後に感じた違和感は、やはり間違いではなかった。後から思い返して『まるで無かったことのように振る舞われている』と感じたのは、涼花の勘違いではなかった。

龍悟は忘れたふりをしていたわけではない。本当に忘れていたのだ。合コンに行くと告げた涼花へ向けた、怒りの眼差しと激しい嫉妬のキスも。そして昨日のキスも。

「けどそれからはそんな記憶違いをすることもないし、やはり疲れが……秋野？」

黙ってしまった涼花の様子に、龍悟が心配の声をかける。けれど涼花には返答をする気力もない。

涼花は大きな勘違いをしていた。それも最初のときから考えればおよそ八年もの歳月、自分でも信じられないほどに盛大な見当違いをしていた。

ずっと思い込んでいた『涼花を抱いた人は、その記憶を失う』という不思議な出来事。龍悟に言わせると『ファンタジー』らしいそれは、本当は『涼花にキスをした人は、その記憶を失う』の間違いだったのだ。

だから龍悟は最初の二回のことを覚えていた。なぜならそのとき、龍悟は涼花とキスなどしなかったから。恋人のような触れ合いなどない、乾いた関係だったから。

だが皮肉なことに、乾いた関係から愛のある関係になり唇を重ねると、記憶は儚《はかな》く消えてしまう。甘い思い出はなんの気配もなんの知らせもなく、脳の中からいとも簡単に抜け落ちる。

はじめは龍悟が記憶力に優れた特別な存在だから、涼花を抱いたことを忘れないのだと思っていた。驚きと共にまるで運命の人に巡り合ったかのような喜びを感じていた。

けれど違った。それすら涼花の勘違いだった。

なにがファンタジーだろう。こんなもの、呪い以外のなにものでもない。

「俺は……忘れているんだな？」

龍悟の呻くような低い声が耳に届く。

涼花がようやく顔を上げると、龍悟がこちらをじっと見つめていた。

そこにはいつもの自信と美しさを兼ね備えた聖なる獣のような覇気はない。ただ涼花に対する申し訳なさだけを背負い込み、苦しみと悲しみを混ぜた苦悶の表情を浮かべている。

違う。そんな顔をさせたいわけじゃない。なによりも愛しい人に、そんな顔はしてほしくない。自分のために、辛い思いなんてしないでほしい。

「社長……だいじょうぶです」

龍悟と特別な関係になりたいなどと、高すぎる望みを持ったのは涼花の方だ。本来踏み込むべきではなかった胸の中に飛び込んで甘えた自分が悪いというのに、龍悟が申し訳ないと思う必要なんて一つもない。だから。

「そのまま忘れていても、なにも問題はありませんから……」

「そんなわけないだろう！」

龍悟に怒鳴られ、思わず身体がびくりと跳ねる。気付けば目には涙が溜まり、視界がゆらゆらと揺れていた。龍悟の目にはとっくに泣き出しそうになっている表情が映っているだろうから、これがただの強がりであることも彼はきっと理解しているだろう。だから龍悟は怒ってくれた。忘れていていいわけがないと言ってくれたけれど。

「答えろ！　俺はお前に、昨日なんて言った？」

涼花の気持ちを知ってか知らずか、龍悟は涼花の肩を掴むと顎を捕えて自分の方へ向けさせた。その眼にはまだ困惑と不安が残っていたが、それよりも怒りに燃え盛るような色を孕んでいた。

火傷をしそうなほどの痛い視線にさらされ、涼花の瞳に滲んでいた涙がぽろっと零れ落ちた。その雫が頬の輪郭を辿ってシーツの上に消えても、龍悟の怒りは消えてくれない。

「忘れていい、ってなんだ？」

「……」

「お前は、俺の気持ちを知ってるんだろ？」

「……いや」

「その気持ちも忘れろってか？　お前は、俺のことをどう思っ……」

「社長！」

もういい。——もう、止めて。

あなたはまた忘れてしまう。どうせ忘れてしまうのなら、これ以上愛の言葉なんて囁かないで。情熱的な台詞なんて紡がないで。

涼花の心の声が通じたのか、龍悟の瞳から怒りの影が立ち消えた。自分の方へ向かせるために顎の下に添えられていた指先が、名残惜しげに、けれど力なく離れていく。

涼花は肩に添った龍悟の手を振りほどくと、手首の骨張った部分で涙をぐっと拭った。

「着替えを……」

絞り出すような声でどうにかそれだけ呟くと、身体の向きを変えてベッドから出る。

シーツの隙間から這い出た脚を見て、ようやくお互いに裸だったことを思い出した。けれどももはや恥ずかしさすら感じず、そのままベッドサイドに立ち上がる。

ベッドの足元側にバスローブが落ちていることに気付き、そこへしゃがんで袖に腕を通して立ち上がる。ふらつく足を動かしてなんとか洗面所へ向かい、脱衣場のハンガーにかけてあったワンピースを手にして扉を閉める。

「くそ……っ！　なんで……！」

閉じた扉の向こうから苛立ちを吐き出すような龍悟の怒声と拳を壁に突き立てた鈍く重い音が聞こえたが、涼花にはもうかける言葉も見つからなかった。

＊　＊　＊

龍悟をホテルに残して自宅へ戻ると、慣れた部屋着に着替えてベッドに身体を沈める。緊張の糸が切れると、また涙が零れそうになった。

本当はもっと龍悟と一緒にいたかった。彼の香りを感じながら、大きな腕に抱かれて眠っていたかった。

だがそれは涼花の過ぎた願望だ。高望みが過ぎるから罰が下ったというのに、未練がましくまだ彼のぬくもりを求めるなんて、自分はなんて浅ましいのだろうと自嘲する。

「社長……」

困らせてしまった。失望させてしまった。

秘書として、良きビジネスパートナーとして、彼の傍にいたいと思った。隣で仕事が出来るだけで幸せだったし、いつか離れるときが来るまで、この想いを秘めてでも龍悟の役に立ちたいと思っていた。

そんな龍悟が直々に下した社長命令は、涼花には重すぎる役目だったのかもしれない。自分の身の丈に合った願望に留めておけば良かったのに『俺のために笑えるようになれ』と言われ、その気になって彼の誘いに乗った。そして踏み込んではいけない領域に足を踏み入れてしまった。

龍悟の肌の温かさを知ってしまった。香りを、視線を、指遣いを覚えてしまった。そして同時に、彼の想いも知ってしまった。それがいつからなのかはわからないが、龍悟は涼花を特別な意味で好いていた。本気ではない相手にあんな風に怒ったり悲しんだりはしないだろう。三年以上の月日を龍悟の傍で過ごしてきた涼花は、彼が人間関係を尊重することも、人を傷付ける嘘をつかないこともよく知っている。

だから余計に辛い。お互いに惹かれ合っていて両想いだと分かっていても、唇を重ねると龍悟はその前後の記憶を失ってしまうのだから。

涼花だけが覚えていて、龍悟は何一つ覚えていない。その状況を延々と繰り返す関係にはなりたくない。けれど一度もキスをせず、ただ身体を繋げるだけの関係でいることも出来そうにない。

花にとって大きな救いだった。

「ううん……大丈夫」

——大丈夫。辛いのは同じだが、龍悟が『忘れたことを知っている』という事実は、涼花にとって大きな救いだった。

今までの恋人は『忘れたこと自体を忘れている』状態だった。だから涼花を『重い女』『ストーカー』と心ない言葉で罵った。けれど龍悟は涼花を傷つけたりしない。この重苦しくて辛い気持ちを、ちゃんと知ってくれている。それだけでもう十分だ。

本気で『好きだ』と言ってくれた龍悟は、まだ少しの間は涼花を想ってくれるだろう。けれど彼は涼花と口付けて肌を重ねる度に、記憶が真っさらな状態に戻ってしまうのだ。そんな不確実な関係に龍悟が固着する必要はない。涼花への気持ちなど早く忘れた方が、彼のためになるのだ。

龍悟は時間が経てばいつかまた誰かと恋愛ができる。全ての思い出や感情を共有できる人と、新しい恋に落ちることが出来るはずだ。

「大丈夫。……うん、大丈夫」

自己暗示のように、同じ言葉を繰り返す。出来ることならこのまま秘書の仕事を辞めてしまいたい気持ちでいっぱいだった。自分が傷付かず、龍悟を傷付けないために、このまま逃げ出してしまえたらどんなに楽だろうと思う。

だがそんなことをすれば龍悟や旭だけではなく、会社全体に迷惑をかけてしまう。明確な理由を告げずに『退職します』がまかり通るほど社会は甘くない。なにより多忙な業務をこなす龍悟のサポート役に突然穴をあけ、これ以上の迷惑をかけたくはない。

もし龍悟が涼花の顔を見るのも嫌だと言うのなら、そのときは潔く異動願いを出すか退職するつもりだ。けれど秘書として涼花を必要としてくれるなら、まだ頑張れるから。

恋を忘れる決意をする。龍悟の瞳を、声を、指を、温度を早く忘れられるように、自分の心に強い暗示をかける。

「大丈夫！　よし！」

意気込んでベッドの上に身体を起こすと、窓の外を眺める。晴れ渡った綺麗な青空を見ていると、ふと自分の詰めが甘かったことに気が付いた。

今朝、ホテルの部屋を出る前に龍悟にキスをすればよかった。あのときもう一度口付けておけば、きっと龍悟は今朝のやりとりも忘れてくれただろう。そうすれば明日もいつもの月曜日と同じく、彼はなにも気に病むことなく、なにも心配することもなく、普段通りに出社できただろう。涼花と過ごした夜も、そのやりとりも覚えていないのなら。

なぜ一人で会社近くのホテルに泊まっているのかと疑問に思うかもしれないが、共に過ごした相手の記憶も失っているのなら、少なくとも涼花相手に必要以上に気遣う必要はなかったはずだ。もちろん涼花はかなり勇気を出して出社しなければならないが、龍悟に余計な負担をかけずに済むならそれでも構わなかったのに。

「私のバカ……」

自分から龍悟に口付けるのは恥ずかしいが、あのときもし気付いていたのならキスでもなんでも出来た気がする。どうしてもっと早く気付かなかったのかと自分の甘さに落胆する。けれど冷静になった今だからこそ気付いたのであって、やはり今朝あの場で龍悟の記憶を奪う発想には辿り着けなかった気がする。

とことん詰めの甘い自分には失望したが、ぼんやりと青空を眺めているうちに、全てはなるようにしかならない、と思えてきた。

龍悟の人生の邪魔にだけはならないように。

――ただそれだけを願い、涼花はそっとため息を零した。

＊　＊　＊

（大丈夫！　笑顔！　頑張れ私！）

家から会社までの通勤中、心の中で同じ言葉を反復する。週明けの秘書にはやることが多く月曜はいつも早めに出勤するので、会社の付近にもエントランスにも人はまばらだ。だから多少心の声が外に漏れても、不審な目を向ける人はいない。パネルに社員証をかざしてエレベーターに乗り込むと、また同じ言葉を繰り返す。

泣きすぎて浮腫《むく》んだ目の腫れは引いた。龍悟に会ったときの脳内シミュレーションも何度も繰り返した。だから大丈夫……大丈夫だ。

最上階に到着したエレベーターを降りて執務室へ歩き出す。誰もいないフロアにヒールの音がコツコツと響く。涼花の心音と同じ速さで響く靴の音に大丈夫のリズムを乗せる。

あっという間に辿り着いた執務室の電子ロックに社員証をかざすと、短い電子音が聞こえた。深呼吸をする。そしてもう一度『大丈夫』と呟くと、意を決してドアを開ける。

一瞬、視界が奪われた。毎朝涼花が開けるはずのブラインドはなぜかすでに開かれ、執務室は明るい朝の光で満たされていた。

「え……社長⁉」

その明るい朝日を背に、龍悟が自分のデスクですでに仕事を始めていた。彼は涼花の声に反応して顔を上げると、少し疲れたような声でゆっくりと頷いた。

「おはよう、秋野」

龍悟に挨拶をされてどう返答しようかと迷ったが、挨拶には挨拶を返すのが社会の基本だ。返答の仕方など考えるまでもない。

「おはようございます、社長」

いつまでも入り口に突っ立っているわけにはいかないので、おそるおそる自分のデスクに近付きつつ、いつものルーティンを必死に思い出して最も自然な会話を模索する。

「……今日は随分とお早いですね」

そうだ。いつもの月曜日なら涼花がこの時間に到着して、あと二十分ほどで旭が出社してきて、その十分後に龍悟が出社してくる。今日の龍悟が何時に出社したのか正確には分からないが、少なくともいつもより三十分は早く出社していることになる。だからこの問いかけは、不自然ではないはずだ。

「ああ……お前に、話があって」

ワークチェアに座りながら龍悟の真剣な返答を聞いた涼花は、そのまま腰が抜けそうになった。丁度座るタイミングで良かった。

（全然、大丈夫じゃなかった……）

当り障りのない言葉を選んだつもりだったが、会話の流れが自然とか不自然とかいう以前の問題だ。まるで自分で地雷の上までのこのこ歩いてきたように錯覚する。呪文のように繰り返し唱えていた自己暗示のワードも、全く意味を成していなかったと気付く。

腰を落ち着けたのに、気持ちは落ち着かない。心音の間隔が異様に短いと気付いた涼花は言葉を詰まらせたが、立ち上がった龍悟が傍に近寄ると言葉どころか呼吸さえ止まりそうになった。

「秋野……」

デスクに手を付いて涼花の逃げ道を塞ぐと、間近で龍悟に見下ろされる。涼花はなにも言えずにその顔を見上げたが、そこでようやく、彼が悲しげな表情をしていることに気が付いた。逆光と後ろめたさでまともに見ることができなかった龍悟の切ない表情に、涼花はそっと胸を痛めた。

「昨日は悪かった。お前を……傷付けてしまったな」

「……」

龍悟の言葉を聞いていても、涼花は返答の言葉さえ出てこない。昨日家に帰ってから考えたあれこれも何一つとして思い出せない。

涼花は昨日、秘書として龍悟の傍にいるために色んなことを考えた。今までの龍悟との出来事は全て胸の奥に仕舞い込み、誠心誠意仕事に打ち込もうと決めた。龍悟に問われたら当り障りがなく切り抜けられる返答も、全部シミュレーションしたというのに。

まさか出社直後にいつものルーティンや脳内シミュレーションを崩されるとは想像していなかった。おかげで完全に出鼻を挫かれてしまった。

「俺は忘れないと約束したのに……」

龍悟の顔を見つめると、彼は苦虫を嚙み潰したような表情で後悔の言葉を呟いた。

また気を遣わせている。悲しませている。

龍悟の辛さと不安が、涼花には手に取るようによくわかる。忘れたことそのものを忘れた人は、こんな表情などしない。忘れたことを知っているからこそ、こんなに辛くて、不安で、苦しい気持ちになるのだ。

龍悟にこんな顔をさせているのは、紛れもなく涼花だ。記憶が無くなる方が気楽だなんて、今の涼花には思えない。忘れた方も辛いことは、涼花もよく知っている。

「昨日色々調べたんだが、なんで記憶が無くなるのかは分からなかった。けど……」

「社長、やめて下さい」

龍悟はもう、この苦しい感情に囚われる必要はない。好きだと言ってくれただけで十分だ。それだけでこの先の未来、恋愛をしなくても、結婚をしなくても、ずっと孤独でも生きて行けるほどに涼花は幸福だった。

愛しい人が自分を好きになってくれた。それだけで満足だから、もう忘れた記憶を取り戻す方法も、忘れないように留めておく方法も探さなくていい。

「忘れたままで問題ない、とお伝えしたはずです」

余計なしがらみでこれ以上龍悟を縛りたくはない。だからちゃんと断ち切るために、しっかりと龍悟の目を見て伝える。今まで共に過ごした夜さえ忘れてしまえば、その感情も時間と共に消えてなくなるはず。

大丈夫。何度も呟いた言葉をもう一度胸に刻み込む。

「社長はなにも悪くありません。だからもう、謝らないでください」

謝らなくていい。申し訳ないなんて思わなくていい。

そう願いを込めて、じっと龍悟の顔を見つめる。

「この話は、もう終わりにして頂けませんか？」

でもこれ以上は無理だった。龍悟の黒い瞳に射抜かれたら、また想いが溢れて止められなくなりそうな気がした。だから涼花はそっと視線を下げた。

スカートの上に置いた手が微かに震えている。この震えが恐怖なのかショックなのか、涼花自身には判断ができない。けれど龍悟はまだ話を終わりにはしてくれなかった。

「待て、秋野。俺はまだ……昨日の返事を聞いていない」

デスクについていた手を離した龍悟は、涼花の目の前にしゃがみ込んで強引に視界に入り込んできた。社長に膝を突かせるなんて、と慌てたが、龍悟は気に留めた様子もなく涼花の手の上に自らの手を重ねてきた。

「お前は、俺の気持ちを知っているんだろう？」

龍悟は少し怒ったようにも焦ったようにも聞こえる声で、昨日と同じ問いかけをしてきた。その目を見つめた涼花は、また泣きそうになってしまう。

（なんで……）

折角無かったことにしようとしているのに、思い出そうとするのだろう。思い出させようとするのだろう。それを知ってどうするのだろう。

「お前は？」

龍悟の問いに答えられず黙ってしまった涼花の様子を見て、龍悟はふと質問を変えた。

意味を理解しかねる短い問いかけに、思わず顔を上げてしまう。龍悟は涼花と視線が合うと、逃さないとでもいうように重ねた指先に力を込めた。

「お前は、俺のことをどう思っている？」

上から手を掴まれ、涼花は最後の逃げ道も失う。龍悟の手は温かく、涼花の心の震えさえ取り払うようなぬくもりがあった。だがその優しさに甘えることはできない。けれどその視線は灼熱《しゃくねつ》の温度を秘めたように熱く、逃れることもできない。

「……っ」

愛しい人に見つめられ、涼花はまた胸の奥に熱が灯る気配を感じた。

どろどろに溶けた感情が、全てを巻き込みながら燃焼する。痛い想いが涼花の決心を焼こうとしている。その熱さに負けないよう、必死に頭を動かして言葉を絞り出す。

「仕事が出来なかった私を、見捨てず傍においてくれて……。いつも優しく指導して下さる、良き上司であると……思っています」

「……それだけか？」

さらに優しく問われたが、そのままこくん、と顎を引く。

今の涼花にはそれ以上なにも言えない。あなたが好きです、と正直に伝えたい衝動が胸の奥から湧いてくる。その一方で現実を見て冷静になれ、と真っ当な意見が脳から鋭利に落ちてくる。相反する二つの感情がぶつかり、その衝突の勢いで胸が張り裂けそうだった。

涼花の答えを聞いた龍悟は落胆したように息を吐いた。重ねた指先に一瞬強く力が込められわずかに痛みを覚える。だがその力もすぐに抜け、涼花の手からそっと離れた。

「……そうか。——わかった」

涼花を見つめていた龍悟は、その場に立ち上がると話の終わりを告げる台詞を呟いた。

涼花は俯いたまま唇を噛み締めた。すぐに訂正して自分の気持ちを伝えたい衝動が湧き上がる。それを必死に押さえ込んで、どうにか口を噤む。

これで涼花の恋は終わりだ。龍悟との思い出も、龍悟に対する気持ちも、いずれ胸の奥で鎮静化するだろう。あとは時間が解決してくれるのを待つしかない。その間、涼花はせ

めて龍悟に不便をかけないよう、仕事に打ち込むだけになった。

――はずだった。

「それなら俺は、お前に上司としてじゃなく、男として振り向いてもらえるように努力するしかないな」

「……え？」

頭上から落ちてきた言葉は、涼花の予測をあまりに盛大に裏切っていた。思わず唖然《あぜん》として龍悟を見上げてしまう。

立ち上がった龍悟は、笑っていた。その表情は大企業のトップに悠然と座する野心の笑みではなく、愛しい人への恋心を募らせた切ない微笑みだった。

（今……なんて？）

予想外の台詞と笑顔に呆気に取られていると、入り口のロックが解除される電子音が聞こえた。その音を聞くと、龍悟はごく自然な足取りで自分のデスクに戻っていった。

龍悟が自分の椅子に腰かけるのとほぼ同時に、扉の向こうから旭が姿を現した。

「おはよう、涼花。……って、社長？　今日は早いですね。おはようございます」

すぐに龍悟の存在に気付いた旭が、珍しいものを見たように目を見開く。驚きを隠そうともせず朝の挨拶をした旭に、

「あぁ、おはよう」

「……おはようございます」

と龍悟と涼花も応えた。

自分のデスクに近付いた旭は、二人の気まずい空気を察したらしい。

「朝から秘密のお話ですか？」

揶揄うように声を掛けられ、涼花は勢いよくその場に立ち上がった。

デスクの引き出しに膝がぶつかったせいでガタッと大きな音が鳴り、おまけに椅子のキャスターも奇妙な音を立てたが、構ってなどいられない。

「申し訳ありません。お手洗いに行ってきます」

早口で告げると、二人の返答もろくに聞かず勢いよく外へ飛び出す。

「もしかして、ホントに秘密の話してたんですか？」

扉が閉まる直前に旭のそんな台詞が聞こえたが、龍悟がどんな返答をしたのかまでは聞こえなかった。

涼花は小走りで化粧室に向かう。龍悟の秘書になってからはだらしない印象や落ち着きのない印象を与えないよう所作にも注意してきたつもりだったが、今はそんなことを気にする余裕さえなかった。

（どうしよう……社長は、なにもわかってない）

男として振り向いてもらえるよう、どころじゃない。龍悟の存在は、もう涼花の心の奥深いところに根付いている。今も一秒ごとに龍悟を好きになっている。

でもそうじゃない。どんなに想い合ったところで、どんなに努力をしたところで、龍悟が涼花との思い出を忘れてしまうのは変えられない事実だ。

けれどそんな状況を気にした様子もなく、龍悟は涼花との距離を詰めようとしている。それがお互いにとってどんなに苦しくて辛い選択なのか、頭の良い龍悟なら絶対に分かっているはずなのに、どうして。

涼花は化粧室の個室へ駆け込むと、そのまま洋式便座の上にずるずると崩れ落ちた。あんなに考えたはずなのに、出社する前よりむしろ悩みが大きくなってしまった。

胸が苦しい。心臓が痛い。どうやって説得したらいいのだろう。どう説明したら、この現実と涼花の覚悟を理解してもらえるのだろう。

けれどどれだけ時間をかけても、いくら深く考えても、龍悟の考えを読み取ることは出来ない。

気付けば涼花の視界は、また涙にぼやけて霞《かす》んでいた。

第五章

旭は月曜の朝から、龍悟と涼花の様子に違和感を覚えていた。

まず龍悟に覇気がない。一ノ宮龍悟という人物は男の目から見ても感動を覚えるほど、立つ姿も座る姿も優雅で気品がある。高い身長に引き締まった体軀と端正な顔立ちを兼ね備えた外見も魅力的だが、野性的な感覚と知性的な頭脳を併せ持ち、それでいて性格は温和という完璧で魅力的な存在だった。だが週明けから、その龍悟の美点が一ミリずつ削り取られているような印象を受ける。それは彼をよほど注意深く観察するか、接する時間が長い者ではないと気付かないほどの些細な変化だろう。

そしてそれ以上に、涼花に元気がない。秋野涼花という人物は元々物静かで穏やかな性格だが、決して根が暗いわけではない。他人をよく観察して細やかなところに目を向ける一方で、相手にそれを悟らせないよう上手く立ち回れるような気遣い上手だ。その涼花も今週は恐ろしく集中力に欠けている。社員や来客への応対には問題がないが、先週調整した会食の予定変更を伝え忘れたり、データのバックアップを取り忘れたりと、普段では考えられないようなミスが多い。

極めつけに、彼女が淹れるコーヒーの味が驚くほど安定しない。一杯分の粉で三人分のコーヒーを淹れたり、ブラックコーヒーを頼んだのにカプチーノのようなミルクと泡だらけの飲み物が用意されたこともあった。

旭の違和感が確信に変わったのは、水曜の夕方だった。

その日は、グラン・ルーナ社が経営する割烹《かっぽう》料理屋『御柳亭』の新作メニューに使う魚介類の仕入れ先が決まり、社長室でその契約を行う手筈《てはず》になっていた。

御柳亭の板前長たっての希望で使用されることになった魚介類は、どれも大きくて旨味が強い上質なものばかり。今日無事に契約すれば秋の味覚シーズンまでにメニュー開発の最終調整が間に合う予定だ。ところがその契約相手である海鮮小売業の社長が、契約の段階まで来たこのタイミングで突然難色を示したのだ。

「やはりこの値段で出せるほどうちの商品は安くないですよ、一ノ宮社長」

おそらく彼は本気で契約を渋っているわけではない。少しでも自分に利がある条件にしたいという欲の現れだろう。

だがわだかまりを持ったまま契約を進めるわけにも、時期を考えると契約を白紙にするわけにもいかない。ここで振り出しに戻ってしまえば、あらゆる部署の社員が時間と労力を注ぎ込み、商談を重ねてきたこれまでの努力が無駄になってしまう。

龍悟は完璧な笑みを崩さない。むしろ傍で見ていた旭の方が苛立ってしまう。

身体を揺らすと龍悟に『落ち着け』と視線で合図され、仕方なく感情を胸の奥に仕舞い込む。だがこちらを見つめる相手の社長も不敵な笑みを浮かべたままなにも言わない。

ぴん、と空気が張り詰める。龍悟はどうしたものかと考えて小さく鼻を鳴らしたが、その直後、静寂を破るノック音が社長室内に響いた。応接ソファに腰かけていた両社長と傍に控えるそれぞれの秘書が、音のした方へ一斉に視線を向ける。

「失礼いたします」

執務室へと続く扉から現れた涼花の手にはお盆が乗せられ、その上には冷茶が入ったグラスが並べられていた。契約が長引いているので冷たい飲み物のお代わりを持ってきたのだろう。涼花は沈黙を気にせず応接テーブルの傍まで来ると、コースターの上にグラスを置いていった。

「君はこの契約をどう思う？」

その様子を見ていた相手の社長が、突然涼花に話題を振った。退室するために立ち上がろうとしていた涼花は、話しかけられたことに驚いてきょとんとした顔になる。

もちろん涼花は今日の契約の内容を事前に把握している。だが今までこの場にいなかったのだから、一連の話の流れはわからないだろう。仮にわかっていたとしても、この場合は「私はお答えできる立場にありません」でやり過ごしても問題のない場面だ。それに秘書はあくまで上司の補佐役であり、契約をはじめ会社の運営その他に意見をする立場にはない。当然、相手の社長もそれはわかっているはずだった。

急な質問に困惑すると思っていたが、涼花は旭の予想と異なる反応を見せた。

「そうですね。社長にお力添えを頂ければ、弊社としても大変心強い限りでございます」

涼花が突然、ふわりと可愛らしい笑顔で微笑んだ。その姿にその場にいた全員が固まって動けなくなってしまう。まるで毒気を抜かれたように、相手の社長も涼花の表情にぼうっと見惚れていた。

少しの沈黙の後、相手は顔を赤く染め「あぁ」「うん」「そうだな」の三種類を代わる代わる呟きながら、あっさりと契約書にサインをしてしまった。先ほどまで渋っていたのは一体なんだったのかと思うほど、嘘みたいに簡単に。

「失礼いたします」

涼花が軽く頭を下げて退室していく様子を、旭も龍悟も呆然と見送る。その間もせっせと書類を作り上げていく相手の様子に気付いて龍悟はすぐに我に返ったが、旭はどうにも釈然としない気持ちを抱えたまま残りの時間をやり過ごした。

契約と確認を終えると、会社のエントランスまで相手を見送り、社長室に戻る。

旭が応接ソファに近付くと、龍悟は足を組んで背もたれに身体を深く預け、ぼんやりと考えごとをしていた。見れば契約を終えた書類も資料も全てそこに広げられたままだ。

やれやれ、と思いながら書類を集めてまとめていく。

ふと契約書に視線を落とした旭は、先ほどのやり取りを思い出して苦笑いを零した。

「珍しく取引相手に笑っていましたね」

契約がスムーズに済んだのは、間違いなく涼花の笑顔のおかげだろう。先ほどの涼花の表情には、旭も心を摑まれるものがあった。あんな笑顔で笑われたら、思わずサインをしてしまう気持ちも十分に理解できる。それに涼花はいつも気を張り詰めて感情を押し隠しているので、たまに喜怒哀楽を見せるとそのギャップを強く感じる。

旭は涼花の笑顔に見惚れていた相手の顔を思い出したので、何気なく言ったつもりだった。だが龍悟は憮然とした様子で不満そうに鼻を鳴らす。

「普段は全然笑わないのにな。腹立つよ、本当。なんであんな狸《たぬき》親父に……」

「社長。その不機嫌、顔に出ていましたよ？　良かったですねー、向こうが涼花の顔見ていてくれて。社長の形相を見たらせっかくの契約がご破算になるところでした」

「……言うなぁ、お前」

旭の軽口に、龍悟が呆れたように呟く。

旭が笑うと龍悟は観念したように、けれど心底不満げに深い息を吐いた。

「良い上司でいるのも疲れるな」

「……は？　なんですか、突然」

意味がわからないことを言い出した龍悟に、思わず真顔で返してしまう。眉を寄せて首を傾げると、それを見た龍悟が肩を竦めた。

「秋野の俺の評価は『良い上司』らしいからな」

自嘲気味に笑う龍悟の言葉を聞いて、週明けから龍悟と涼花に感じていた違和感が、二人の間になにかがあったという確信に変わる。

相手が上司だろうが同僚だろうが取引先だろうが、普段の涼花は淡々と仕事をこなすだけだ。そんな涼花が相手の社長に笑いかけたことが、龍悟としてはよほど面白くなかったらしい。それが作り笑いであることは龍悟も見抜いているだろうし、旭ももちろん気付いている。だが今までの涼花は、作り笑いも上手く出来ないほど気を張っていたのだ。

涼花の心境の変化の理由はわからない。だが龍悟はそれに対して『面白くない』と態度や言葉で堂々と示したいのだろう。しかしそれをすれば涼花にとっての『良い上司像』から逸脱してしまう。と、龍悟は考えているらしい。

旭の個人的な意見では、嫉妬や不満の一つや二つで上司の評価が変わることはない。だがここ数日の様子を鑑みるに、二人の間になにかがあったらしいことは推測できる。だから軽はずみに『そんなことはない』とも言えない。

そっと息を吐く。旭が思うに龍悟は相当な男前だ。引く手数多で龍悟の恋人になりたい女性は掃いて捨てるほどいると思うが、その理由は龍悟が上司として優れた人物だからではない。この色男を目の前にして出てくる言葉が『良い上司』のみとは恐れ入る。

「涼花も見る目無いなぁ」

「……どうかな。逆に下心まで透けて見えるから、俺じゃダメなのかもしれない」

一応フォローのつもりで言ったのだが、龍悟には思い当たるなにかがあるらしい。龍悟の口振りから察するに、直接NOと言われたわけではなさそうだが。

（アプローチを綺麗にかわされて、社長が大ダメージ。断り方を間違って涼花が気を遣ってる、ってとこかな……）

元気がない龍悟の様子を見て、旭は二人のおかれている状況をそう予測した。

龍悟は人の仕草や視線、表情の変化から相手の感情を読み解く能力に長けている。だから涼花が龍悟のアプローチを交わすのに失敗し、龍悟がそれを察してしまった。

もしこの予想が当たりなら、かなり面白い状況だと旭は思う。パーフェクトヒューマンと言っても過言ではない龍悟に靡《なび》かない人が、すぐ間近にいるとは不思議な気分だ。

「だいぶ参っているみたいですね」

「そう見えるか？」

「いえ、見えません。パッと見はいつもと同じです。ただ最近、ため息が多いですね」

「……気を付けるよ」

無論、愚痴を聞く程度のことなら構わないが、旭は助け舟を出したり、キューピッドになろうなどとは思わない。大人なのだから自分の恋愛ぐらい自分でどうにかするだろう。

旭が気になっているのは、龍悟よりもむしろ涼花の方だ。

旭の予測が正しいと仮定して、もし涼花が龍悟のアプローチのかわし方に失敗したとしても、それぐらいで何日も気にする必要などないと思う。確かに上司の誘いは断りにくいだろうが、龍悟は無理強いをする性分ではないし、涼花自身も嫌なことを嫌だと言えない性格でもない。仕事に影響が出るほど涼花が動揺することも無いと思うのだが。

さて、どうしたものか——と考えたところで、執務室へと続く扉から再びコンコンとノック音が聞こえた。

「あ、終わりましたか？」

開いた扉の向こうから涼花が顔を覗かせた。彼女は来客が帰ったことを確認すると、使用済みのグラスを片付けるためにお盆を手にして応接テーブルへ近付いてきた。

「社長。二十分ほど前に専務から内線がありました。来客対応中なので終了次第折り返しますとお伝えしてありますので、お電話を……どうなさいました？」

「……いや、なんでもない」

涼花がお盆の上にグラスを乗せながらごく事務的な内容を伝えていたが、龍悟はまたなにかを思い出したらしい。不機嫌そうな顔をする龍悟の様子を見て、涼花もすぐに俯いてしまう。

目の前で繰り広げられる小さな攻防に旭はそっと苦笑いを零した。

＊　＊　＊

社長室から専務への連絡を終えて三人で執務室に戻ると、涼花は頼まれたアイスコーヒーを淹れながら二人に結果を訊ねた。

「問題なく終えられたのですか？」

「あぁ」

聞こえた龍悟の声が少し不機嫌そうだったので、グラスを並べる手を止めて顔を上げる。問題なく終えたと言う割に、デスクに頬杖をついて契約済みの書類を眺める龍悟はつまらなさそうな表情をしている。

彼の言葉と態度が一致していない気がして、涼花は小さく首を傾げた。本当に上手くいったのなら、大喜びとまではいかなくても不機嫌にはならないはずなのに。

「涼花のおかげで上手くいったよ。実はあのとき、相手がゴネ始めたところだったんだ」

「ええ……？」

旭の言葉に驚きの声が零れる。開始から二時間が経過しても一向に終了する気配がないので、涼花はお茶の代わりを持って行っただけだ。それが契約に影響を与えるとは思っていなかったので、急に不安になってしまう。

「私、喋らない方が良かったでしょうか？」

涼花も場の空気があまりよくないことは感じ取っていた。そんな中で先方の社長に突然話題を振られて驚いたが、その瞬間、いつかの龍悟の言葉を思い出した。

『お前が商談のときに笑えば、男どもはすぐに落ちる』

龍悟は涼花にそう言った。言われたときはそんなわけがないと思ったが、思考が止まった涼花は咄嗟に龍悟の台詞以外になにも思い出せなかった。だから彼の望み通りにしたつもりだった。

涼花はただ仕事に打ち込むと決めた。龍悟の考えていることはよくわからないし、自分の考えを理解してもらうのも諦めた。振り向いてもらえるように、と言っていたがそれも極力気にしないことにした。

仕事以外では一切龍悟に接触しない。仕事中は目の前の業務のことだけを考えて、誠心誠意彼に尽くす。他に取柄なんてなにもないのだから、龍悟の望むように動かなければ自分には駒としての価値すらない。

せめて役に立ちたい。その一心で笑顔を作った。

社長室には鏡もないし、上手く笑えていたのかもわからない。話の内容は完全に把握していなかったし、いつものように龍悟から視線で指示されることもなかった。だからどう捉えられても当り障りのない言葉を選んだつもりだった。

今思えば良くない選択だったのかもしれない——そう思ったが、龍悟は涼花の考えを否定した。

「いや、助かったよ」

「……えっと、それなら良いのですが……」

龍悟にお礼を言われた涼花は、言葉を濁しながらアイスコーヒーを作る作業に戻った。濃いめのコーヒーを氷の入ったグラスへ注ぐと、ほろ苦い香りが広がる。

「じゃあ俺、専務のところにコレ届けて来ます」

旭がそう言って席から立ち上がった。電話で頼まれた資料を届けに行くようだ。旭の声に涼花ははっとして顔を上げる。

「あ、藤川さん。私が……！」

「いいよ。俺ついでに用足してくるから。戻ってきたら俺にもコーヒーお願い」

旭はそう言い残すと、返事も待たずに書類を手にして執務室を出て行ってしまった。

涼花は龍悟と二人きりになる状況を避けたかった。だがすでに部屋を出た彼を今から追いかけるのはあまりに必死すぎて不自然だ。

もちろん月曜から今日までの間に二人になる機会は何度かあったが、その度に涼花は過度な緊張状態を強いられた。出来るだけ不自然な態度を取らないよう努めていたが、勘のいい龍悟の前ではきっとそれが無意味であることも薄々気付いていた。

アイスコーヒーを龍悟のデスクの端に置くと、龍悟が顔を上げて礼を言ってきた。いつもと同じ行動なのに、目が合うと涼花の心臓はまた大きく騒ぎ出してしまう。

すぐに傍を離れようとすると、龍悟に呼び止められた。

「秋野。仕事終わったあと、時間あるか？　一緒に飯でも行かないか？」

龍悟の突然の誘いに、涼花は驚いてまた思考が止まってしまう。先ほどまで不機嫌だった龍悟だが、今は表情に暗さはない。いつもと同じ優しい笑顔だ。

口説き文句そのものは上司と部下のそれだが、長い足を優雅に組み、悠然とした佇まい涼花を誘う表情には色気さえ感じる。愛しい人の甘美な言葉に、思わず「はい」と返事をしそうになる。だが涼花は自分の理性と闘って、必死に現実から目を背けた。

「あの……申し訳、ありません……」

付け足すべき断りの理由が見当たらず、語尾がだんだんと小さくなっていく。そんな涼花の返答に、龍悟がそっと息を吐いた。

「なんだ、口説く隙もくれないのか。弱ったな」

残念そうな声を漏らした龍悟に、涼花は胸を摑まれたような切なさを覚えた。

出来ればその誘いに乗って、仕事の後の時間も龍悟と共に過ごしたい。自分がこんな状態じゃなければ、今夜は恋人同士の甘い夜を過ごせたのかもしれない。

本当はお互いを想い合っていることを知っている。けれど幸せにはなれない。だから涼花は自分を偽り続けるしかない。こうして『食事に行かないか』と誘われても断ることしかできない。

大好きな人からの誘いを断る辛さを悟られまいと俯くと、察した龍悟に謝られた。

「いいんだ、困らせたいわけじゃない」

龍悟のため息に、涼花は返す言葉も見つからなかった。本当は気を遣わせたいわけじゃない。けれどこれ以上近付き過ぎると、辛い思いをすることは分かっている。それに辛い気持ちを味わわせてしまうことも知っている。

「さっきは、ありがとな」

「……え？」

俯いていると龍悟のお礼の言葉が聞こえた。顔を上げてみると彼はグラスを口に運びながら、立ち尽くしている涼花の姿をじっと見つめていた。

「お前が笑えば、契約がスムーズに進むと言っただろう」

アイスコーヒーを一口飲んだ龍悟が、グラスをコースターの上に戻しながら呟く。

龍悟はいつかの夜、涼花に「お前が商談のときに笑えば、男どもはすぐに落ちる」と言った。「俺のために笑え」とも言っていた。その言葉を思い出す。

「俺の先見の明も、捨てたもんじゃないと思わないか？」

にやりと笑った龍悟の顔を見て、涼花は思わず頷いてしまった。

仕事のときの龍悟の横顔はいつも凛々しくて力強いが、敵に回すと恐ろしい目に合う未来が見えてしまう。だが上司としてはこの上なく頼もしく、傍で仕事をしているとやり甲斐や生き甲斐を感じる。

けれどその挑戦的な表情は、すぐに消えてなくなった。

「でも俺は間違っていた。お前はもう、無理して作り笑いなんかしなくていい」

「で、でも……！　私は社長のお役に立たなければ……！」

「いや、会社としては十分すぎるほど役に立つよ。けどな」

元気がない龍悟の様子に慌ててしまう。その心配をよそに、龍悟は言葉を切って涼花の瞳をじっと覗き込んだ。

「俺が嫌だった。お前が俺じゃない誰かに笑いかけるのを、見たくないんだ」

低くて優しいその声は涼花の焦燥感を煽《あお》り、ゆるやかに逃げ道を奪っていく。仕事の話をしていたと思ったのに、次の瞬間にはこうして熱い声と視線で涼花を口説こうとする。

「俺には笑ってくれないのか？」

涼花の瞳を見つめたまま、すっと手を伸ばした龍悟の指先がほんの少しだけ手の甲に触れる。涼花が驚いて手を引っ込めると、龍悟が少し傷付いたように苦笑いした。

「……そんな顔をさせたいんじゃない」

龍悟もすぐに手を引っ込めて、大きな椅子に背中を預けた。気だるげな動作から龍悟が諦めてくれた気配を感じて、涼花はほっとしたような辛さが増したような感情の間で揺れ動いた。

すぐにでもここから逃げ出したくなる。役に立つと決意した気持ちがあっさりと揺らぐ不甲斐なさと、龍悟の言葉を否定したい気持ちが芽生える。考えるほどに胸の奥がきゅうと締まるような、音のない痛みに晒される。

「悪かったな。俺のわがままに付き合わせて」

「ち、違……！」

龍悟の諦めたような言葉を否定しようと思ったが、結局何も言えなかった。今の涼花には言い訳をする権利さえない。

「……申し訳、ありません」

やっとの思いでそう呟くと、そのまま自分の席に戻る。

その後は旭が戻って来るまで沈黙が続き、涼花は龍悟の言葉を頭の中で繰り返しては自分を責める辛い時間を過ごした。

＊＊＊

龍悟に『もう無理して笑わなくてもいい』と言われた日から二週間ほどが経過したが、涼花の気持ちは相変わらず晴れないままだった。

龍悟は涼花が嫌がるようなことはしないが、時折じっと見つめたり、少しだけ触れたりといった小さなアプローチを繰り返す。嫌いな上司にされたらセクハラとして訴えるところだが、涼花は龍悟と距離をおきたい一方で、内心では嬉しい気持ちもあった。

その相反する気持ちに気付いたとき、龍悟に気にしてもらえることで彼の好意がまだ自分に向いていると確認しているように感じて、自分の浅ましさに自己嫌悪する。けれど優しく微笑まれたり、揶揄うように髪や指先に触れられたりすると、どうしようもなく舞い上がってしまう。

その繰り返しに疲弊して、涼花は仕事でのミスがさらに多くなってきていた。

（……？）

ふと視線を感じて顔を上げると、向かい合わせで座る旭が、自分の口元に人差し指をあてながら小さな付箋を手渡してきた。龍悟に気付かれないための『静かに』という合図に疑問を持ちながら付箋を受け取ると『業務後、エントランス』と書かれていた。

この会社では付箋をインデックス代わりに使用することはあるが、書類としての形式をなさず情報漏洩《ろうえい》の問題もあるので、原則メモの代わりとして使用してはいけないことになっている。視線だけで旭に了承の合図をすると、涼花は書類を裁断するふりをして、受け取った付箋をさりげなくシュレッダーへ滑り込ませた。

＊　＊　＊

業務後、旭に呼び出された涼花は、そのまま彼が行きつけだという近くのお好み焼き屋に移動した。椅子の背もたれが高く周囲も賑《にぎ》やかなので、周りに気を遣う必要もない。ブラウスにソースが飛ばないよう細心の注意を払いながら、涼花は旭が焼いたふわふわのお好み焼きを頬張った。

「旨いでしょ？」

「はい、美味しいです」

「よかった。旨いもん食うと、幸せになれるよね」

旭がお好み焼きを口に運びながら「旨いもんいっぱい食べれるから、俺この職場すごい好きなんだ」と笑うので、涼花もつられて気が抜けたように笑ってしまった。

このお好み焼き屋はグラン・ルーナ社の経営店ではない。都心のビルの高層階に高級鉄板焼きの店はいくつかあるが、お好み焼きもいいなぁ、と呑気《のんき》なことを考えていると、旭が神妙な顔で本題を切り出してきた。

「で？　涼花、大丈夫？」

「えっ……と。どういう意味でしょうか？」

「いや、最近ずっと元気ないから。しかも元気がない理由、言わないし」

旭が唇を尖らせる。もっと俺を頼ってくれてもいいのに、と付け足す声に、涼花はそっと感謝した。

旭はいつも龍悟の一挙手一投足を見逃さないよう完璧に秘書業務をこなしているが、それと同じぐらいに後輩の涼花のことも気にかけてくれていた。そのことは以前から知っていたしありがたいと思っていたが、ここまでストレートに指摘されたことはなかった。

「申し訳ありません。ご心配をおかけして」

「や、謝らなくていいよ。元気ないときなんて、誰にでもあるし」

旭は少しぬるくなったビールを口に運びながら笑っていたが、ジョッキから唇を離すと『ただ』と前置きをした上で天井を仰いだ。

「原因が社長なら、このまま見守ってても解決はしないんだろうなーと思って」

「！」

セクハラされた？　怒鳴られた？　と悪戯っぽく訊ねてくるので、俯いて首を横に振る。もちろん龍悟がそんなことをする人ではないことは旭もわかっているだろう。

涼花は言葉に詰まった。旭は『元気がない』という言葉で濁してくれたが、ここ数日の仕事のミスのほとんどは、旭のフォローによってミスにならないよう処理されていた。だから怒られても仕方がないのに、旭は涼花を責めなかった。

そして彼はやはり鋭い。涼花の悩みどころか、その原因まで的確に見抜いていた。

涼花は一瞬、それでもどうにか誤魔化そうと考えた。けれどここで誤魔化しても、明日からもミスが続くことはきっと変わらないだろう。もちろん旭に申告すれば帳消しになるというわけではないが、涼花は自分の気持ちを騙《だま》し続けて龍悟の傍に居続けることに限界を感じ始めていた。

「藤川さん……私……」

こんなことを告げられても、旭は困るだけだろう。

自分は秘書失格だ。秘書はサポート役として、影からひっそりと上司を支える任務を全うしなければならない。自分の感情など要らないし、表に出す必要はない。けれどもう、この感情を上手く隠してコントロールできるとも思えない。

「私、社長のことが、好き……なんです」

「……」

涼花がぼそぼそと呟くと、旭が落とした箸が鉄板の上にカラカラと転がった。

「えぇぇ……っ⁉　ほ、本当に⁉」

しばし沈黙していた旭が、突然大きな声を出した。他の客に迷惑になると焦ったが、慌てて周りを見ても涼花と旭の様子など誰も気に留めていなかった。

「えっと……気付いてなかった、ですか？」

「ぜ、全然気付かなかった……！　嘘、まじでー？　それは驚くって……」

旭は驚きと興奮が入り交じったように、ビールジョッキと涼花の顔の間で何度も視線を往復させた。いつも飄々《ひょうひょう》としている旭が取り乱す様子を見ると、自分が突拍子もないことを言ってしまった気がしてくる。

「いやぁ、涼花はすごいポーカーフェイスだなー。そりゃ社長を嫌ってるとは思ってなかったけど、どっちかというとアプローチされて困ってるんだと思ってた」

しみじみと己の見解を漏らした旭に「この人は本当にすごい洞察力だな」と感心する。一番肝心の涼花の気持ちは知らなかったようだが、後半の意見はほとんど当たっていた。

「私、もう社長の傍にはいられないですよね。だから折を見て退職……」

「え、ちょっ……待って待って待って!?　なんでそうなるの!?　それだけはほんと勘弁して！　俺が困るから！」

涼花が最後まで言い終わらないうちに、旭に話を遮られた。

確かに涼花が辞めることになれば、一番困るのは旭だろう。龍悟も秘書が辞めれば一時的には大変だろうが、業務量から考えれば旭の方が大変なのは言うまでもない。

だから涼花も退職するときは急に辞めるのではなく、後任が決まって引継ぎをしてから辞めるつもりでいた。だが旭は涼花に『退職』という選択を諦めさせようと必死に説得を繰り返す。

「ていうか、辞めなくていいじゃん。涼花、社長の気持ちには気付いてるんでしょ？」

旭が言いたいことはすぐにわかった。つまり『付き合えば解決』という話だが、涼花にとってはそれが最も難しい選択だった。

「それが……そう簡単な話でもなくて」

ここまで話したのなら、もう全て話してしまった方がちゃんと理解して納得してもらえるような気がした。涼花は少し迷ったが、結局自分の体質から今まであった出来事まで、かいつまんで旭に話すことにした。中には出来れば自分の口からは言いたくない内容も含まれていたが、先輩として、そして人として旭を信用していたからか、話し始めると案外するすると言葉が出てきた。

旭は途中目を丸くしたり、むせ込んだり、少しの質問をしたりしたが、涼花の言葉を否定することなく最後まで話を聞いてくれた。そして話し終えて出てきた最初の感想は、龍悟のそれに近いものだった。

「なにそれ、ミステリー……」

「あの……このことは誰にも……」

「言わないよ。言っても信じないでしょ、普通」

「ですよね……」

恐縮した涼花の顔を見て、旭は妙に納得したように「そっかぁ」と頷いた。

涼花としては現実的にありえない話をしたので引かれてしまうかもしれないと思っていたが、ここ最近の様子やこれまでの経緯から旭にもなにか思うところがあったらしい。涼花の話は思いの外すんなりと受け入れられた。

「ああ、なるほど。そういうことか」

「な、なにがですか？」

旭が気の抜けたような声を出したので、持ち上げかけたジョッキを置いて聞き返す。

「いや、先々週の契約のとき、涼花なんで突然笑ったんだろうって思ってて。結果的に契約は上手くいったし社長が拗ねてた理由もすぐわかったけど、涼花の心境の変化だけはずーっと謎だったんだよね。そっか、あの笑顔は『社長命令』だったのか」

「……」

「ん？　じゃあ社長は自分の出した命令に従った涼花に、妬いてたわけだ？　面倒くさいな、あの人」

ストレートに自分の上司を『面倒くさい』呼ばわりしたことに『そうですね』とは言えない。

けれど旭の言いたいこともわかる。龍悟は仕事をする上で戦略的に自分の内心を隠すことはあるが、本来は裏表のない人間だ。親しい人に嘘や隠しごとはしない人だから、一緒に仕事をしていて信頼できるしその背中についていこうと思える。

だから涼花も疑問を持っていた。最初に龍悟と肌を重ねたとき、彼は涼花のことを好きではなかったはずだ。今これほどわかりやすく自分の気持ちを表に出す龍悟の様子は、あのときは微塵も感じなかった。

「たぶん、最初の社長命令のときは、私のことをなんとも思ってなかったからだと思います」

「へえ、涼花はそう思うんだ？」

「え……違うんですか？」

最初は涼花に対して恋愛感情がなかったのは間違いない。だから随分前に発令した社長命令とここ最近の感情表現の間に齟齬《そご》が生じているのだろうと思う。

だが旭には違った考えがあるらしく、意外そうに訊ねられた。旭は少し間をおくと、自分の言葉を吟味するように視線を上げた。

「あくまで俺の個人的な意見だけど、社長は涼花が秘書に配属されたときから、涼花のことを好きだったと思うよ」

「は……？　え？」

「だって涼花、社長に恋人がいるって聞いたことある？　俺、涼花が来てから社長に恋人がいるって話聞いたこと一度もないんだよね、実は」

「え、ええ……？」

思いもよらない旭の台詞に、つい声がひっくり返ってしまう。旭は涼花の驚き方に苦笑しながら話を続けた。

「確かに最初は無意識だったのかも。だから本気でアプローチしはじめたのは最近かもしれないけど、社長はかなり前から、涼花が自分のことを好きになるようにさり気なく仕向けてたと思うよ？」

「で、でも私、社長に『社内に恋人を作ってもいい』とまで言われているんですよ？」

「社長も社内の人間じゃん」

「……」

旭の台詞に涼花は沈黙した。旭はその場にいなかったから分からないのかもしれないが、あのときの『社内に恋人を作ってもいい』の範囲に龍悟は含まれていなかった。そういうニュアンスだった。

けれどそれすら龍悟の無意識の発言なのだとしたら、涼花もなにを信じていいのかわからなくなってしまう。眉間に皺が寄ったことは自分でも感じていたが、表情筋の動きは変えられなかった。

そんな涼花の様子を見ていた旭が、ふと不思議な呪文を唱え始めた。

「マジカルナンバートゥエルブ」

「……？　なんですか？」

「新人研修のときにやらなかった？　ランダムの数字を覚えるやつ」

「え……？　あ、えっと、やりました。覚えています」

心理学の用語で、正確にはマジカルナンバーセブン。多少の個人差はあるが『意味のないランダムの数字を覚える際、人は七桁程度しか記憶できない』というものだ。新人研修のときは「みなさんの記憶はこの程度のものです。ですから大事な情報を預かった際は、自分の記憶を過信せず必ずメモを取るように徹底しましょう」と話を展開するために、グループワークで十桁の数字を覚えさせられた。だが涼花は研修のために用意された十桁どころか、携帯電話の番号を超える十二桁まで覚えることが出来たのだ。

「涼花の記憶力の話、当時ちょっとした噂になってたんだよ。普通は七桁、どんなに多くても九桁までしか覚えられないランダムの数を、十二桁まで覚えていられたすごい新入社員が現れたって」

そういえば、そんなこともあった。旭に言われて当時の新人研修の担当だった先輩が面食らった顔や、周囲にいた同期たちに不思議な目で見られて恥ずかしい思いをしたことを思い出す。まさかそれが重役の耳に入っているとまでは思わなかったけれど。

「社長、嬉しそうに話してたからさ。実は総務まで、涼花がどんな子なのかなーって二人で見に行ったりして？」

「……嘘」

初めて耳にする旭の告白に驚くと、旭がニコニコと笑顔を浮かべた。

「前任秘書の安西《あんざい》さんの代わりを全社員の中から選出するって話になったとき、適任じゃないかっていう候補者は涼花も含めて四人いたんだよ。結果はご存じの通りだけどね」

旭の口振りから察するに、四人の候補者の中から最終的に涼花を選んだのは龍悟本人ということだろう。もちろん上司と面談した内容や勤務態度も判断材料にはなっていると思うが、いずれにせよ涼花が知らない話ばかりで驚きを隠せない。

「社長は最初から、涼花に興味があったんだよ」

旭がにこりと笑顔を作る。思いがけず異動の事情を知った涼花だが、それを知ればなおさら申し訳ない気持ちばかりが胸の奥に渦巻く。

龍悟は想像以上に涼花に興味と関心を寄せ、大事に扱ってくれている。だが涼花はその想いに応えることは出来ない。もらうばかりで返せるものなど、なにも持っていない。

ふと旭が、涼花が想像もしていなかった切り口からまた別の話をし始めた。

「俺の彼女の話って、したことあったっけ？」

「え、えっと……恋人がいるというお話は」

突然の話題の転換に、一瞬面食らう。意味がわからないまま返答すると旭が短く頷いた。

「臨床心理士なんだ。今はドイツに長期出張中で、年に数回しか会えないんだけど」

どうやら旭は遠距離恋愛中らしい。しかも日本とドイツ。彼女がいるという割にいつも一人で牛丼やラーメンを楽しみ、休日にデートに出掛けた話さえしない理由が、まさか海を越えた壮大な距離にあるとは思いもよらなかった。

旭がプライベートの話をするのも珍しいので、涼花は興味津々に頷いた。だが彼が次に口にしたのは、涼花が期待していたような恋のなれそめ話ではなかった。

「その彼女に聞いたことがあるんだ。人間にも、他の動物と同じくフェロモンってのがあるんだって」

急になんの話だろう……と思ったが、割り込まず黙って頷くことに徹する。

「フェロモンって、自分じゃなくて相手に作用するものらしいんだ。だからさっきの話を聞いててふと思ったんだけど、その相手が記憶を失う原因って、もしかして涼花が無意識に出してるフェロモン？　のせいなんじゃないかなーって」

「⁉」

旭の何気ない説明に、涼花は突然雷に打たれたような衝撃と、目から鱗《うろこ》が落ちたような驚きを感じた。

「……」

しばし言葉を失い、沈黙する。

それは涼花にはなかった発想だ。今まで相手が記憶を失う事実を目の当たりにしてもその原因はわからなかったし、そもそも原因を分析しようと思ったことさえなかった。

普通はなにか失敗をしたら、失敗の原因を考えて、次に同じことが起こらないよう対策を考えるものだろう。しかし涼花の中からはその普通の感覚さえ抜け落ちていた。ひどい言葉をかけられて辛い経験をしたせいで恋愛に臆病になるあまり、原因を探るという問題解決の初歩すら怠っていたと気付かされる。

「俺は別に専門家じゃないし、彼女も専門は発達心理学っていうの？　小さい子の相手が多いから、それが絶対とは言えないけど……」

自分の説明に補足する旭だが、衝撃のあまり意識が遠退いていた涼花から驚きの余韻は消えない。

正直なところ、フェロモンと聞いてもいわゆる『絶世の美女』からのみ発せられる『男性を惹きつける特別な魅力』というイメージしか持てない。しかし旭が言いたいことがそういう意味ではないことは理解できる。あくまで相手の脳に影響を与えるものの代名詞として選んだ言葉が『フェロモン』なのだろう。

もしもキスした相手が記憶を失う現象が、涼花の発する体分泌物質《フェロモン》に起因するのだとしたら、確かに特殊な体質なのかもしれない。そしてこれが体質の一種なのだとしたら、治療をすれば治るのかもしれない。

「病院に行ったら治るのでしょうか？」

「うーん、薬で抑えるとか？　身体とか脳をいじるとか？」

「え？　……脳をいじる⁉」

「いやいや、可能性の話だよ」

涼花は一縷《いちる》の望みをかけて訊ねてみたが、返ってきた言葉は想像以上にハードな内容だった。もちろん旭の回答は正確ではないだろうが、少なくとも涼花より知識があることは間違いない。

おののく涼花を笑って宥めた旭は、頬杖をつきながら涼花の顔をじっと見つめてきた。

「涼花はどう思う？　記憶喪失がフェロモンのせいだとしたら」

「……脳をいじるのは嫌ですね」

「いや、そうじゃなくてさ。そもそも、なんでそんなものが出るようになったんだろう、って思わない？」

　旭の言葉に再び動きを止める。涼花の反応ににこりと笑う旭は、普段は飄々としていて軽い印象さえ受けるが、本当は後輩思いの優しい人だ。

「あくまで俺の仮説というか、妄想だけど」

　そんな旭がビールジョッキの縁についた結露を指で拭いながらそっと呟く。

「涼花、本当は怖かったんじゃない？」

　旭の言葉にドキリと心臓が跳ねる。まるで涼花の過去の様子を全て見てきたかのように語る旭の言葉が、涼花の胸に静かに突き刺さった。

「サークルの先輩のときも、ＯＢの先輩のときも、たぶん社長のときも。きっと涼花に受け入れる準備が出来てないうちに色々進んじゃって、脳が混乱したんじゃないかな」

「……」

「だから自己防衛のために、相手の記憶に作用するフェロモンが無意識に出るようになったのかも。リセットしたい気持ちがすごく強く出た結果とか」

　そうかもしれない。いや、かもしれない、ではなく実際にそうだった。

　涼花は怖かった。初めてのとき、まだ受け入れられない気持ちを伝えて先輩にシラけられてしまうのが怖かった。最初は痛いと聞いていたから、その痛みを知るのも怖かった。実際本当に痛かったし、二回目も三回目も慣れない痛みを重ねることが怖かった。

　ＯＢの先輩のときも同じだ。話してみると性格的にはすぐに意気投合したが、付き合い始めてまだ日が浅いうちに身体の関係を求められたことに戸惑った。嫌われないように応じたが、本当はもっと相手のことを知りたい気持ちが強かった。

龍悟のときは少し事情が違った。涼花は龍悟を心から好いていたし、彼の人柄も熟知していたので、龍悟を受け入れることそのものを怖いとは思わなかった。

ただ、自分の本当の気持ちを知られるのが怖かった。甘い関係に慣れてしまって、仕事でボロが出るのが怖かった。会社の人に知られて、不適切な関係だと詰られて、龍悟と引き離されるかもしれないことが怖かった。

「社長のことは、怖い？」

「……いいえ」

旭に尋ねられ、涼花はゆっくりと首を振る。

その言葉に嘘はなく、龍悟自身を怖いと思ったことはない。

即答した涼花の顔を見た旭が、満足そうに笑う。

「でしょ。だから折角両想いなんだし、少しずつ受け入れていけばいいんじゃない？」

旭の言葉に、涼花は胸を締め付けられた。

龍悟は涼花の事情を一番に気にかけてくれた。本当は欲もあるだろうし自分の思い通りにしたいはずなのに、涼花の気持ちを優先してくれた。素直に龍悟の名前を呼べないことも会社で知られることへの不安も酌んでくれた。

そして記憶がなくなってしまったのは涼花のせいなのに、涼花を責めなかった。それどころかこんなに面倒くさい体質を知っても、まだ好きでいてくれる。

「けど涼花は辛いよね。忘れられちゃうんだから」

旭の言う通りだ。この体質を理解できても、龍悟の優しさを再認識しても、事実はなにも変わらない。解決方法など、わからない。

「記憶が無くなる事実は変えられないので……。でも好きな気持ちは諦められるし、変えることができます」

だからやっぱり、もう龍悟の傍にはいられない。傍にいるなら徹底的に気持ちを押し殺すしかない。結ばれない想いに淡い期待を寄せて生き続けられるほど、涼花の心は頑丈ではないから。

だが涼花の言葉を聞いた旭は、驚いたような呆れたような微妙な表情を浮かべた。

「えーと、逆じゃなくて？」

「……逆？」

「涼花が社長を好きなことも、社長が涼花を好きなことも、止められないし変わらないでしょ。でもさ、記憶がなくなっちゃうのは確かに困るけど、そっちはもしかしたらこの先どうにかなるかもしれないじゃん」

「……」

旭の言葉に、涼花はまたも面食らってしまう。

確かに、そうかもしれない。

記憶がなくなる事実が変えられない、というのは涼花の憶測でしかない。少なくとも今までは同じ結果だったが、今後も絶対に相手の記憶が無くなるかどうかは誰にもわからない。この先に違う結果が待っている可能性も、ゼロではない。

好きな気持ちは諦められるし変えることができる、というのも涼花の願望でしかない。しかもそれは心の底からの願いではなく、そうなれば自分も龍悟も傷付かなくて済むという現実からの逃避だ。

だが旭の考えは違う。お互いを想い合う気持ちは確かな事実で変えられない。記憶がなくなってしまうことは困るが、今後その現象や体質が改善される可能性が絶対にないとは言い切れない。

涼花は自分の考えが、自分で決めた苦しいルールに縛られていることに気付く。それに比べて旭の発想は自由で素直な考え方だ。

「違った？」

「……いえ。そうですよね」

不思議そうに訊かれて、涼花はふるふると首を振った。

そして憑《つ》き物が落ちたような気分を味わう涼花の表情に、旭も笑みを零した。

「私は、コントロール出来るようになるでしょうか？」

「さあ、どうかな。そもそもフェロモン説で話進めてるけど、俺べつに専門家じゃないからね？」

「……」

散々盛り上げておいて落とす。そう言えばこの人はこういう人だったな、と思い出すと、涼花は急に心が軽くなる気がした。

解決策はやっぱりわからない。けれど旭のお陰で、少し素直になってもいいのかもしれない、と思えた。龍悟に向けられる感情を、少しだけ受け入れてみたらどうか？　と自分で自分に問いかける。たったそれだけで、今までの重くて苦しい感情が小さくなっていく心地を覚えた。

「ま、社長は涼花の心が追い付くまで待ってくれるだろうし、考えたところで解決策はないしさ。あんまり難しいこと考えないで、デートぐらい行ってみたらいいんじゃない？」

他人事だと思って気楽な調子で言う旭に苦笑する。

そう簡単な話でもないと思うのだが、旭にとっては簡単な話らしかった。

「あとさ、涼花はもっと笑うといいよ」

ビールを飲み干しながら旭が呟く。また突拍子もないことを言われたが、これについては龍悟から似たようなことを言われていたので、そこまで驚きはしなかった。旭は龍悟の要望よりも軽い口調だが、どちらにせよもっと感情を表現しろという意味なのだろう。

「私の思う秘書って、あんまりへらへら笑ったりしないし、ビシッと格好よくスーツを着こなして、凛としているイメージなんですが……私はまだ全然、上手に振る舞えなくて」

「ええ？　それでずっと気張ってるの？」

涼花が自分の考えを話すと、旭が心底呆れたようにため息を漏らした。

「他人の前で気を付ければいいだけじゃん。社長や俺には普通に接したらいいのに」

「そうかもしれませんけど、上手く使い分けられなくて、ボロが出ちゃう気がして。藤川さんは上手ですよね、使い分けるの」

「そんなの慣れだよ、慣れ」

執務室の中と外で態度が全然違う旭は、いつも物事を楽観視しているような気がする。そもそもの性格が違うので旭のように振る舞うことは涼花には難題なのだが、

「勿体ないよ。涼花、笑うと可愛いんだから」

と言われると、涼花も少しは頑張ってみようと思える。

少し時間が経ってから『可愛い』と言われたことに気付くと、急に嬉しいような恥ずかしいような気持ちになってしまう。火照った頬を誤魔化すために視線を逸らした涼花の様子をみて、旭が困ったように呟いた。

「うーん、照れても可愛いのか。確かにこれはずるいな」

第六章

　予定していた店舗の視察を終えて社長専用車に乗り込んでからしばらくした頃、涼花は隣に座った龍悟がやけに静かなことに気が付いた。ふと視線を向けると、背中をシートに預けて腕を組んでいるのはいつもと変わらないが、首ががくりと落ちている。

「……社長？」

　タブレット端末を操作する手を止めて顔を覗き込むと、龍悟は目を閉じて小さな寝息を立てていた。

　どうりで静かなはずだ。普段の龍悟なら視察で見てきた状況を秘書と擦り合わせたり、逆にそれとはあまり関係のない世間話をすることが多い。いつもの会話もなく静かに眠る龍悟の姿を見た涼花は、運転手の黒木にそっと声をかけた。

「黒木さん。本日の予定は全て終えましたので、少しだけゆっくり走って頂けますか？」

　ルームミラー越しに黒木と目が合う。涼花は黒木からは見えない位置で眠っている龍悟をちらりと見ると、再びルームミラーの中に視線を戻した。

「その……社長、寝ていらっしゃるのです」

「おや、珍しいですね」

声量を抑えて伝えると、同じく声量を落とした黒木が不思議そうな顔をする。

黒木は涼花よりも龍悟との付き合いが長く、龍悟がグラン・ルーナ社の社長に就任して以来ずっと彼の専属運転手を務めている。居眠りをする龍悟の様子は涼花はもちろん、黒木にとってもとても珍しいものらしい。

「お疲れのようなので、このままあと少し寝かせてあげたいのですが……」

「構いませんよ。今日はご自宅への送迎予定もないですし、私もこれで終わりですから」

「ありがとうございます」

「秋野さんは優しいですね」

感心したように言われて、涼花はルームミラーの中に小さな苦笑いを浮かべた。

黒木は涼花の気遣いを褒めたが、心の中ではそれはどうかと考える。涼花が本当に優しい人なら、龍悟から向けられた想いをもっと大切にできるはずだ。いつまでも龍悟の優しさに甘えていないで、ちゃんと自分の言葉で自分の気持ちを伝えることが出来ると思う。

涼花が本当に優しい人になれるかどうかは、自分次第だ。

＊＊＊

執務室に入ると、顔を上げた旭が二人を出迎えてくれた。

「お疲れ様です、社長。涼花もおかえり。道混んでたの？」

「えっと、そうですね……少し」

待っていた旭に尋ねられて言葉を濁す。黒木に頼んでスピードを落としてもらったので予定時刻から少し遅れてしまったが、道はそれほど混んでいなかった。その事実を龍悟に知られないよう曖昧に頷く。寝ていた龍悟は道の混み具合を把握していないので、涼花の言葉は特に突っ込まれることがなかった。

「終わったなら、二人とも今日は帰っていいぞ。明日は遅くなるしな」

龍悟の言葉で、明日もまた会食の予定があることを思い出す。涼花と旭が揃って返事をすると、龍悟も頷いて帰宅の準備を始めた。

「涼花」

旭に呼び止められたので顔を上げると、彼は人差し指の先で自分の頬を叩きながら、涼花に『笑って』と合図をしてきた。

確かに接待は面倒だが、そんなに仏頂面をしていたかな？　と首を傾げてすぐに、数日前に旭に言われた言葉を思い出す。

「！」

気が付いた涼花に微笑むと、旭はＰＣの電源を落として颯爽とデスクから離れた。言葉そのものは定型文だが、声のトーンだけはやけに陽気な挨拶を残して。

「それでは、お先に失礼いたします」

「ご苦労さん」

「お疲れ様です」

扉の向こうに消えていった旭に、それ以上のかける言葉は見つからない。見つかったところで、もういなくなってしまったのだけれど。

涼花もスリープモードになっていたＰＣの電源を落とすと、龍悟にそっと話しかける。

「あの、社長……」

すぐに「どうした？」と振り向く龍悟の姿に、また少しだけ見惚れる。やっぱり後ろを振り向くこの瞬間が一番好きだと気付くと、涼花の口からは自然に言葉が出てきた。

「以前、お食事に誘って下さいましたよね？」

「……そうだな。でも、気にしなくていいんだぞ。別に無理強いしたいわけじゃない」

「いえ、そうではなく……」

涼花の確認を聞いた龍悟は、ばつが悪そうに視線を逸らす。彼にまた悲しげな顔をさせていることに申し訳なさを覚えたが、涼花は怯まなかった。拒否や曖昧な態度のせいで傷付いているのは涼花じゃない。彼は涼花の数倍傷付いているはずだ。

「あの、それって例えば今日とか……今週末とかだと、だめでしょうか？」

勇気を振り絞って訊ねると、龍悟が驚きで目を見開いた。

あまりに驚いたせいか、しばらく沈黙が続いてしまう。そのまま時間が流れて涼花が後悔を感じ始めた頃になって、龍悟がようやく我に返った。

「駄目じゃない。もちろんいい！　……いいんだが、急にどうしたんだ？」

「あ、あの……ご迷惑でしたらいいのです」

「違う、迷惑なわけないだろ」

ぎこちない言葉と戸惑う様子を見て引っ込めようとした言葉は、即座に掬い取られた。

龍悟は口元を押さえてなにかを考える仕草をしていたが、すぐに涼花の目を見て、

「なら今夜でいいか？　日を改めてお前の気が変わったら困る」

と真剣な顔で呟いた。

小さく頷くと、龍悟に導かれて執務室を出る。そのまま帰ってきたばかりの道を逆戻りするが、先ほどとは異なりエレベーターが向かうのは地下駐車場だ。移動の間二人は特に会話をしなかったが、そっと顔色を窺うと龍悟の表情はいつになく嬉しそうだった。

龍悟の愛車に近付き、促されるまま助手席に乗る。運転席に乗ってエンジンをかけた龍悟が、シートベルトを締めながらナビゲーションのディスプレイに触れる。食事の場所は彼に任せることにする。龍悟の選ぶ店なら、グラン・ルーナ社の経営する店でもそうじゃない店でも間違いなく美味しいはずだから。

「……あ」

そう思った涼花の隣で、龍悟がなにかに気付いたような声をあげた。そしてディスプレイの前に人差し指をかざしたまま、少し困ったように唸り始める。

「……どうかなさいました？」

「いや。昨日のうちに仕込んでおいた肉のこと、忘れてたな……と思って」

龍悟の言葉は涼花が想像していたものとは違った内容だった。てっきり「別の約束があった」とか「すでに店に予約があった」だと思っていた。だから自炊をするという予想外の言葉に、涼花の動きも止まってしまう。

「明日は会食の予定ですよね？　そのお肉、明後日までおいておけるんですか？」

「まあ、味は落ちるだろうが……食えるだろう、たぶん」

龍悟は自宅に用意しておいた食材の状況を思い出しつつそう結論付けたようだが、冷凍じゃない肉を下処理まで済んだ状態で二日もおいて鮮度が落ちないわけがない。

「では今日は止めましょう。お食事はまた次の機会に」

「いや、いい。お前の気が変わって、もう行かないなんて言われたら困る」

そんなことは言いません。と言っても龍悟は信じないだろう。そう思われてもおかしくないぐらい、龍悟に対する今までの涼花の態度は冷たすぎた。

だが涼花が妥協案を提案しない限り、龍悟は用意していた食材を疎かにしてでも一緒に食事に行こうとするだろう。龍悟が食べ物を粗末にするのは見過ごせない。

「いいんですか？　飲食店経営社の社長が？　そんなもったいないことして？」

少し頬を膨らませながら詰め寄ってみる。指摘された龍悟は言葉に詰まったが、かと言ってせっかく取り付けた予定をキャンセルするという選択肢もないようだ。彼は少し考え込む様子を見せたが、ふと涼花の耳元に顔を近付けて驚きの提案を囁いてきた。

「なら、秋野がうちに来るか？」

すぐにぱっと離れた龍悟は、少し緊張したように涼花の目を見つめた。提案された選択肢はまたも涼花の予想とかけ離れていて、つい動揺してしまう。

「……えっ、と」

龍悟の家には、一度行ったことがある。しかしそれは涼花の意思ではなく、龍悟が涼花を助けてくれたときの話だ。

今日は前回のそれとは違う。龍悟の家に行くかどうかの決定権は涼花にある。

確かに龍悟ともう少し一緒にいたいと願ったのは涼花の方だったが、この展開は考えていなかった。仕事以外の時間を少しだけ共有したいと思っただけなのに、まさか龍悟のプライベート空間へ再び誘われるなんて。

躊躇う様子に気付いた龍悟が、畳みかけるように口説き文句を並べ出す。

「もらいものだが良い牛肉だぞ。赤身は締まっていてクセもないし、脂の乗りもいい」

「……美味しそうですね」

「『ダイアナ』のソースもあるぞ。日本橋店のシェフが作り方を教えてくれたんだ」

「それはもう、お店じゃないですか？」

「そうだな。ワインも開けるか」

今夜はこのまま辞退して、日を改めてもらうつもりだった。だが龍悟は食事で涼花を釣るように、どんどんと美味しい提案を示してくる。

ダイアナはグラン・ルーナ社が経営する鉄板焼きの店で、最高品質のブランド和牛にかけて提供される和風ソースが絶品だ。もちろん龍悟のいう『もらいもの』の肉が、その辺のスーパーで買えるような安い肉ではないことも理解している。涼花はお酒に対して欲があるわけではないが、高級肉と共に味わうワインはきっと美味しいはずだ。

「お前が嫌がるようなことはしない。飲んだら送ってやれないが、タクシー代はちゃんと出すから」

涼花を誘う龍悟の言葉は真剣そのものだった。どうする？　と訊ねる龍悟の笑顔と想像の世界に広がる美食の数々に、涼花は頭を悩ませた。だが涼花の目的は料理そのものではない。あくまでもう少し龍悟の傍にいたいという淡い想いだ。食事の場所は店でも家でも変わらない。だから龍悟の提案を受け入れることに決める。

「大丈夫ですよ。電車で帰れますから」

その言葉を合図に、今夜のディナーの方針は決定した。

走り出した車の助手席から夕空を眺める。ビルの間から見える空は藍色と橙《だいだい》色のグラデーションが美しい。

そういえばこの車の助手席に座るのは二回目だ。前回も今日も二人の間に流れる空気は静かだが、あのときと今ではなにもかも変わってしまった気がする。変わった原因は全て涼花にある。けれど今日の龍悟の横顔は、あの日の何倍も上機嫌だった。

ドアの窓枠に右肘をかけて頬杖をつき、左手で軽快にハンドルをさばく姿に見惚れてしまう。この瞬間を嬉しく感じてしまう。ただ座っているだけなのに、そわそわと落ち着かなくなってしまう。

龍悟の横顔から視線を外してもう一度窓の外を見つめる。涼花の熱の混じったため息は夕闇のグラデーションと混ざり合い、遠くの空に溶けていった。

＊＊＊

龍悟のマンションには以前も来たことがあるが、改めてよく見ると玄関も廊下も洗面所も驚くほど広い。どう考えても単身向けではない。明らかにファミリー向けの部屋を見ると、実は龍悟は結婚していてすでに子どもがいるのではないかと思ってしまう。だが洗面所に置かれている歯ブラシは一本だし、タオルも使用品と予備の二枚しか置いていない。

手を洗い終えてリビングへ入ると、その空間も驚くほどに広かった。この大きさに馴染んでいるのなら、彼がホテルの部屋を狭く感じることも納得できる。

「この本……」

ふとローテーブルに近付くと、その上に何冊もの本が積み上げられていることに気が付いた。置かれた本は評論にエッセイ、雑誌や専門書など様々だが、表紙や背表紙を見た涼花はつい驚きの声を上げてしまう。

そこにあったタイトルには『人の記憶の世界』『思い出を旅する』『脳の仕組みと記憶の

図解』『物忘れ予防』『脳と海馬の科学』『忘れた記憶の取り戻し方』といったワードが並んでいた。

大量の本の意味に気付いた涼花は、思わず龍悟の姿を振り返る。どうやら彼は、涼花と過ごした夜を忘れたことを悔やんで、どうにか自分で思い出す方法を模索しているようだった。

「色々読んでいるんだが、どれもピンと来なくてな」

涼花が今夜この部屋を訪れることになるとは、今朝出勤する前の龍悟は考えてもいなかったのだろう。読みかけ状態の本の山を発見された龍悟が、照れたように後頭部を掻く。彼のささやかな努力を知り、涼花の胸の奥にはまた熱が宿った。

それからふと、社長専用車の中で居眠りをしていた様子を思い出す。

「それで最近、寝不足なのですか？」

「お、心配してくれるのか？」

「当り前じゃないですか！」

嬉しさや申し訳なさの前に、龍悟が自分のために身を削っていることに胸が痛む。冗談めかして誤魔化した龍悟に真剣に怒ると、笑いながらポンポンと頭を撫でられた。

「大丈夫だ。俺が勝手にやってることだしな。それより、少し手伝ってくれ」

涼花の注意を本から逸らそうと視線で合図される。上着を脱いでシャツの袖を捲《まく》った龍悟に従い、涼花も広いキッチンと巨大な食器棚の間へ移動した。

龍悟の言う高級肉は下処理どころかすでにほとんどの調理工程を終えており、冷蔵庫の中でローストビーフになって寝かせてあった。件の特製ソースも完成していたので、涼花はメイン以外の料理の準備を手伝うことになった。

だが龍悟に指示されたのは、冷凍庫でシーリングされていたスープと魚の切り身をボイルで解凍して皿に盛り付けること。そして野菜室から野菜を選んでサラダを作ることだけで、それもあっという間に終わってしまった。

龍悟は冷蔵庫の奥から紙製の小箱を取り出すと、中に入っていたテリーヌを切って皿に乗せていく。それが終わると食器棚の横にあった小さなワインセラーを覗き込み、ワインを吟味し始めた。

龍悟を待つ間、涼花は完成した料理とカトラリーをダイニングに並べていく。温められたミネストローネから広がるトマトの酸味のある香りと、新鮮な野菜のサラダの色合いと、ローストビーフの美しい薄紅色の切り口。

「これはもう……お店ですよね？」

涼花が感動して呟くと、龍悟は「そうか？」と笑顔を浮かべる。しばしワイン選びに悩んでいた龍悟も、ようやく今日の一本を決めたようだ。グラスと一緒に運んできたボトルは、涼花が知らないラベルだ。絶対高いワインだと分かったので値段はあえて聞かないことにする。とんでもない値段を言われたら料理の味がわからなくなってしまいそうだ。

「料理の組み合わせはかなり変だけどな」

苦笑する龍悟の台詞には涼花も同意する。メインのローストビーフのソースは和風。シーザーサラダはメキシコ料理で、鱈《たら》のソテーとテリーヌはフランス料理、ミネストローネはイタリア料理で、ワインの産地はアメリカだ。確かにこんな組み合わせは、専門店のコースにはない品書きだろう。

「デザートもあるぞ。チョコレートケーキか、プリンか、アイスクリーム。全部でもいいけどな」

「だめですよ。そんなに食べたら絶対太ります」

涼花が唇を尖らせると、龍悟も楽しそうに笑い出した。

二人揃って食卓に着くと龍悟がワインの入ったグラスを持ち上げる。

「乾杯。今日もご苦労さん」

「ありがとうございます。いただきます」

龍悟の言葉に笑顔を返す。店のコースと違って料理は最初から全てテーブルに並べられているし、ここには二人しかいないので細かい作法も要求されない。美味しい食事とワインを前にしても面倒な手順やルールを気にしなくて良いことが、涼花にはとても気楽で心地よかった。

龍悟が作ったというローストビーフは、軽くナイフを入れるだけでほどけるほどの柔らかさだった。肉をフォークで口に運ぶと、旨味と和風ソースの香りが口の中にじゅわっと広がっていく。

「わぁっ、美味しいです！」

折角の肉をよく味わおうと思ったのに、無意識のうちに飲み込んでしまった。このローストビーフの味と柔らかさはどう考えても一流料理店の品質だ。

やや興奮気味に感想を告げてから、龍悟が驚いた顔をしていることに気付く。視線が合うと、涼花は急に恥ずかしさを覚えた。

「申し訳ありません……はしゃいでしまって」

「いや、いい」

龍悟は平気だと呟いたが、視線はフッと逸らされてしまう。よく見るとその顔にはすでに赤みがさしていた。

「社長、顔赤いですよ？　もう酔われたのですか？」

「お前、ほんとに酒強いな」

「普通ですよ」

ワインはまだ一口しか飲んでいない。龍悟のグラスの中身は涼花のより減っているが、まだ酔うほどではないだろう。

涼花はローストビーフだけではなく、シーザーサラダや鱈のソテーにも少しずつ口を付けた。テリーヌだけは既製品のようで涼花には少し塩辛く感じたが、まろやかな口当たりで軽めのワインとは相性がいい。

「スープも美味しいです」

「そうか、よかった」

スープとソテーは冷凍庫の中で綺麗に圧縮保存されていたが、これもきっと龍悟が作ったものなのだろう。素直に感想を口にすると、彼は安堵の表情を浮かべた。

「社長はご自身でもお料理されるのですね」

「まぁ、そうだな。大抵のものは作れると思うが……」

龍悟は基本的に食べることが好きだ。もちろん涼花も好きだが、龍悟は仕事だけではなく趣味も食べることだと聞いた覚えがある。だから出来るだけ他の社員と同じ勤務時間内に仕事をこなすようにして、業務後の時間はどこかのお店にご飯を食べに行っている。以前、この業界に身をおく上ではそれも大事な仕事だと話していたが、まさか自分で料理をしてもこんなに本格的で美味しいものが作れるとは想像していなかった。

「豚骨ラーメンだけは、ここでは調理しないようにしているが」

「匂いがしますものね……って、豚骨以外のラーメンは作られるんですか？」

「たまにな。秋野は、何ラーメンが好きだ？」

「私は……そうですね、醤油ラーメンが一番好きです」

「そうか。じゃあ今度作ってやる」

ラーメンの話になったので涼花が自分の好みを話すと、龍悟がごく自然に呟いた。

「えっ、と……」

龍悟の何気ない一言に、咄嗟に頷くことが出来ず固まってしまう。

ローストビーフと違ってラーメンは作り置きが出来ないし、作ったものを会社に持って行くことも出来ない。つまり龍悟の言葉は、涼花がまたこの家に来てここで食事をすることを意味する。

「……悪い。今のは俺の願望だ。秋野は気にしなくていい」

龍悟もすぐに気が付いて、自分の言葉を訂正してきた。それから少し困ったように目を細めて、自分の軽率さを悔やむように息をつく。

「舞い上がりすぎたな」

「……社長？」

「最近、ずっと俺を避けていただろう。避ける、とは違うが……俺に気を遣って、必要以上に近寄らないよう警戒されて、困らせているのはわかってた」

核心を突くような言葉を並べられると、針で刺されたように胸が痛んだ。龍悟が感じている涼花の言動は指摘の通りなので否定できない。なにも言えなくなった涼花の顔を見つめて、龍悟は寂しそうな笑みを浮かべた。

「俺の家で、俺の作った飯を食って、目の前で笑ってくれることが嬉しくて……つい欲が出た」

その言葉は涼花の心の奥に切なく響いた。改めて龍悟の想いを知ることが出来て嬉しいと思う反面、どんどん自分が情けなくなってくる。

無言のまま最後に残したローストビーフを口に運ぶと、あんなに美味しかったはずの肉の味が、なぜか全くわからなくなっていた。その理由は知っている。涼花がまた逃げようとしたからだ。懸命に想いを伝えてくれる龍悟の、熱い気持ちと優しさから。

「私、社長に伝えないといけないことがあるんです」

カタン、と小さな音が響いて涼花の手からフォークが離れる。顔を上げると龍悟は涼花の決意に気圧されたように首を引いたが、すぐにいつものように話を聞く姿勢を示す。

「なんだ？」

「社長に、嘘を教えていたのです」

涼花も知らなかったのだから、嘘というのは違うかもしれない。だが誤情報を伝えていた、という意味では同じだ。

不思議そうに首を傾げる龍悟に、以前話した体質の話をもう一度伝える。

「私のことを抱いた人は、私と過ごしたときのことを忘れてしまうという話……本当は少し違っていて」

「……」

「抱いたら、ではなく……キスを、すると……忘れてしまうみたいなんです」

涼花の告白を聞いた龍悟は、ぽかんと口を開け、間の抜けた表情のまま固まってしまった。その顔を見てまた自分が場違いな告白をしてしまったと気付く。

「申し訳ありません。訂正しても相変わらずファンタジーで……」

「いや、そんな風には思ってない」

いつかの言葉を借りて謝罪したが、龍悟は苦笑しながらそれを否定した。

けれど今の台詞で、勘のいい彼なら気付いただろう。最初に涼花を抱いたときと薬を盛られたときに記憶を失わなかった理由。そしてパーティーの後にホテルで過ごした一夜のことを忘れている理由。

全て原因は同じ。涼花とキスをしたか、しなかったかの差に他ならない。

「それでも、私は……」

小さな声が空になった皿の上に落ちて吸い込まれていく。

これ以上近付くと自分も辛い思いをするし、龍悟のことも傷付けてしまう。同じ傷なら深入りせずに諦めた方が、痛みは軽く痕も少なく済む。

勝手にそう決めつけて、龍悟の気持ちを蔑ろにして、気恥ずかしさも相まって、涼花はずっと逃げていた。冷たい態度を取ってしまった。

けれど本当は、いつも嬉しかった。旭が言うように、結局は自分の気持ちは変えられないし、止められなかった。

「社長が私のことを好きだと言ってくれて、本当は嬉しかったんです。こんな自分はもう嫌だって思うのに……私も、社長のことが好きで……。止められ、なくて」

好きだから、触れたいし、触れられたい。気恥ずかしくて嬉しいし、想いに応えられないことが申し訳なくて苦しい。この先もずっと相反する感情の中で揺れ動きながら仕事を続けるのか、いっそ傍を離れるかの二択しかないと思っていた。

けれど涼花は考え方を変えることができた。自分にはなかった発想を知って、少しだけ前向きになれた。

「触れてほしくて。本当は……忘れてほしくなくて」

忘れてほしくない。覚えていてほしい。まだ解決策はわからないし、一生解決することがないかもしれない。けれど今の気持ちを伝えることは出来る。言葉に出して、自分の想いを知ってもらうことは出来るから。

溢れ出る感情を一方的に話し続けているうちに、鼻の奥がツンと痛んだ。涙が出てしまうかもしれない、と思った瞬間、涼花はその場に立ち上がっていた。

ただでさえ迷惑をかけているのに、泣いてしまったら龍悟をさらに困らせて、気を遣わせてしまう。そう思って背を向けたが、後を追うように立ち上がった龍悟の腕が涼花の肩に伸びてきた。

気配を感じた次の瞬間には、龍悟の腕に捕まっていた。後ろから抱きすくめられたと気付くと、驚きで涙も引っ込む。

「……困ったな。今すぐお前に触れたいのに、また俺は忘れるのか」

龍悟の吐息が耳朶を掠める。背後で感じる熱に身体がぴくっと跳ねてしまう。

後ろから肩を抱く龍悟の手が動き、彼の親指が顎先を捕えた。太くて力強い指が顎と頬を撫でて、ワインに濡れた唇をゆっくりとなぞる。

「ここに触れたい。でも……忘れたくもないな」

耳元で低く囁かれ、腰と背中の境目にゾクリと電流が走る。

今キスをしたら、龍悟はまた忘れてしまうかもしれない。涼花の懸命の告白も忘れてしまうかもしれない。そう考えたら、心がまたずしりと重苦しくなる。

「秋野……名前を、呼んでもいいか？」

涼花が硬直していると、耳元に別の要求が響いた。涼花が小さく顎を引くと、龍悟はまた一層低い声で耳元に囁く。

「涼花」

確かな甘さを含んだ声音で名前を呼ばれると、ぞくんっと身体の奥が痺れる。そのまま腰が抜けそうになってしまう。

龍悟は涼花の唇を撫でながら、空いていた反対の腕で腰をぐっと抱き寄せた。身体が密着すると、もう一度名前を呼ばれる。その甘美な音がじわりと鼓膜を震わせ、同時に身体に熱が宿る。

龍悟は一瞬だけ身体を離し、涼花の身体の向きをくるりと変える。そして今度は、正面から優しく抱きしめられた。

「涼花……俺がまた忘れたら、全部教えてほしい」

顎の下に指を添えて上を向かされると、じっと瞳を見つめられる。龍悟はなにかを決意したように真っ直ぐ涼花を見つめたが、黒い瞳の奥にはまだ微かな戸惑いがあった。

「記憶を無くせば、俺はまたお前を傷付けるかもしれないが……」

その戸惑いを自分自身で認めるように呟く。認めた上で、覚悟した上で、それでも涼花の心の奥深くに――全てに触れようとしている。

「お前の言うことは全部信じる。だから、触れさせてほしい」

そう言ってまた親指の腹が唇の輪郭を撫でる。龍悟は指先で唇の感触を確かめながら、懇願するように涼花の瞳を覗き込んだ。

「嫌か？」

「嫌じゃ、ないです」

嫌なはずがない。涼花はもう十分すぎるほど知っている。龍悟が全てを受け入れてくれることを。記憶を無くしても、ちゃんと好きだと言ってくれることを。

「教えます。全部、話します。あなたが私の話を、信じてくれなくても……」

龍悟にはたくさん教えてもらったから、今度は涼花が教える番だ。きっと忘れてしまうだろうけれど、今度は全てをちゃんと話す。逃げずに、誤魔化さずに、ありのままの出来事と自分の気持ちを伝えたい。

「私はあなたが好きですって、ちゃんと……ん」

一生懸命に伝えようと思ったが、降りてきた龍悟の唇に先の言葉は奪われた。触れた唇はすぐに離れたが、互いの視線が絡むとまたすぐに口付けられる。

後頭部に回った手のひらが、舌の熱さに驚く涼花の逃げ道をゆるやかに塞ぐ。獲物を捕らえるように名前を囁いた龍悟は、さらに強い力で涼花の身体を引き寄せた。

身体を支えられながらお尻をついたのは、近くにあった大きなソファの上だった。革張りの豪華な見た目と絶妙な柔らかさには驚いたが、体重をかけてきた龍悟が噛み付くように首元に唇を寄せてきたことの方がよほど驚いた。

「んっ……ぅ」

首筋にぬるりとした舌の感触を覚えた直後、全身に甘い痺れが走って背中がぞくぞくと震える。思わず仰け反ると首筋を晒すような格好になってしまう。龍悟にはその反応でさらに身体に触れやすくなったようで、同じ場所を何度も舐められ、時折ちゅ、と吸い上げられた。

恥ずかしさから逃れようと視線を動かした涼花は、大きな窓にまだカーテンが引かれていないことに気が付いた。ベランダの囲いがあるので外は見えないし、外からも中の様子は見えないだろう。だが部屋の中が明るいので、丁寧に磨かれて宵闇を透かした窓ガラスが黒い鏡のようになっている。そこに重なり合う自分たちの姿がしっかりと映し出されているだけでも恥ずかしいのに、ここで服を脱がされたら全てが窓に映ってしまうと気が付き、涼花は焦った。

「社長、ここソファです……！」

「……無理だ、ベッドまで待てない」

「や……んっ、あぅ……」

焦って制止しようとしたが、龍悟は涼花の訴えを気にも留めず、首筋へ舌を這わせていく。その舌が耳まで上がってくると、次は感度が高い場所を舐《ねぶ》ることに執着する。止まってくれそうにない龍悟をどうにか制止しようと肩に指をかけて、上手に力が入らないまま懸命に訴える。

「や……っ、ベッドが……いい、です……」

本当はベッドがいいわけではなくてカーテンを閉めてほしいだけだが、龍悟は基本的に涼花を揶揄うことが好きだ。もちろん本気で嫌がることを無理強いするとは思わないが、カーテンが開いてることが嫌だと口にして逆にそれを楽しむなんて言い出されるのは困る。

顔を離して目が合った龍悟に、

「ベッドじゃ……だめですか……?」

と訊ねると、その瞳がわずかに見開いた。

は、と小さく吐息を漏らした龍悟は、一旦ソファから降りると涼花の身体を横向きに抱き上げて、そのまま廊下へ向かって歩き出した。リビングから出る際に龍悟の肘が壁を突くと、照明がスッと消える。

廊下に出てすぐ隣の部屋に入ると、そのままベッドに下ろされた。見覚えがあるベッドの上で龍悟の姿を見上げると髪をほどくように指示されたので、髪を留めていたピンを引き抜いて毛束をまとめていたゴムを外す。

龍悟はその間にカーテンを引いてベッドサイドの照明を灯すと、自分のシャツのボタンを外しながら涼花の耳元に吐息を漏らした。

「お前の望み通り、らゃんとベッドまで連れてきた」

「え……っと」

「もういいか？　これ以上はなにを言われても、全部後回しにするからな」

涼花の手から髪ゴムとピンを奪うと、それをベッドキャビネットの上に置く。リビングの灯りも消して、髪もほどいて、寝室のカーテンも閉めた。これ以上の要求を飲むつもりはない、と龍悟は暗に涼花を追い詰める。

返答に戸惑っているうちに、ベッドに身体を押し倒された。シーツに身体が沈むと、シャツを脱ぎ捨てた龍悟がそのまま涼花のブラウスに手を掛けた。

骨張った指先はブラウスを脱がせるために優しく動き、近付いた唇はまた涼花の唇を思考ごと奪い取る。

「んっ、んん……」

龍悟の舌が唇を撫で、そのまま中へ割り入ってくる。ぬるりとした温かい舌に口内を辿られると、涼花もそれに応えようと舌を絡ませた。懸命に舌と唇を動かしていると口の中はすぐに唾液で溢れ、舌の動きを邪魔し始める。

涼花がこく、と喉を鳴らして二人分の唾液を飲み込むと、龍悟が額を撫でてくれた。湿った音がして唇が離れると、撫でられた額にも口付けられる。

「苦しくないか？」

「はい。だいじょ、ぶ……です」

心配して訊ねてきた龍悟に頷くと、ふっと優しく微笑まれる。愛おしむように唇が触れ合う間にブラウスが取り払われ、下着のホックも外された。

「取っていいか？」

龍悟に囁かれたので腕を動かすと、あっという間に肌の上には何もなくなってしまう。一気に全ての衣類を奪われることを嫌だとは思わないが、とにかくすごく恥ずかしい。

彼は器用にスカートも脱がせ、さらにストッキングとショーツも剝ぎ取ってしまう。一気に全ての衣類を奪われることを嫌だとは思わないが、とにかくすごく恥ずかしい。

胸を腕で隠して太腿を擦り合わせていると、龍悟は涼花の腕を退けて両方の胸に直接触れてきた。

「ん……っ……あ、っ……」

丸く膨らんだ輪郭をゆっくりと撫で、反応を確かめつつ敏感な突起も捏ね始める。大きな手のひらが肌の柔らかさを確かめるように動く。

「あっ、ぁ……っふ」

最初はゆるやかでもどかしかった撫で方も、徐々に強い動きに変わっていく。捏ねるように握っては、また優しい動きへ戻る。緩急のある動きに耐えるため、涼花は指の背で唇を押さえて喉から漏れる声を我慢した。そうやって押さえておかないと、感じる声がたくさん出てしまいそうだった。

「気持ちいいなら、我慢しなくていい……ほら」

「っぁあん」

声を抑えていることに気付いた龍悟が胸の突起を指先で弾いて涼花を喘がせた。

龍悟はたった三度……記憶しているのは二度のはずの涼花の身体を、全て熟知しているかのように扱う。ぷくりと膨らんだ突起を親指の腹でじんわりと撫で、時折きゅうっと優しく摘まむ。

「あっ……ぁ、っん……ん」

その刺激に小さな声を零すときの表情まで、龍悟はじっと観察するように見つめている。涼花の反応の一つ一つまで愛おしいと言わんばかりに。

熱い視線があまりにも恥ずかしくて顔を背けると、唇だけではなく首や胸の上にも口付けられる。ちゅっと可愛い音の中に、じゅる、じゅっと水を含んだ音が混ざる。それが余計に恥ずかしい。

「涼花」

膨らんだ突起や肌の温度を味わっていた龍悟に名前を呼ばれる。熱くて優しくてもどかしい感覚を与えられてぼーっとしていた涼花も、その呼びかけに反応して顔を上げた。

視線が合った龍悟は、横たわる涼花の両脚を開いてその間に腰を下ろすと、涼花の腕をぐいっと引っ張った。背中に回った手に助けられながらベッドに身体を起こすと、さらに近くへ引き寄せられる。

「ここに乗れるか？」

ベッドに座り込んだ龍悟が示す場所を見ると、それは彼の脚の上だった。

「え……？　のる……ん、ですか？」

驚きの声を上げると龍悟が視線だけで頷く。彼はまだ下は穿いていたが、裸の涼花をその上に乗せたいという要望に困惑してしまう。

涼花はどういうことかと躊躇ったが、腰に手を回した龍悟は返事も待たずに涼花の身体を脚の上へ引っ張り上げた。

「あ……あの……」

腰を落とすことが出来ず膝立ちになると、龍悟の眼前に胸を晒す形になる。彼はそれを待ち望んでいたように、小さな屹立をかぷりと口へ含んだ。

「っゃあッ……っぁ、だめっ……」

突然の刺激に驚いて身体が引けても腰を掴んだ手が逃亡を許してくれない。龍悟は涼花の腕を自分の首の後ろに結ばせて離れないよう誘導すると、舌の先で乳首を転がし始める。生暖かい舌の感覚が、胸の上をぬるぬると這う。

「あっ……あ、んっ……ぁあ、っはぁ……」

快感に耐えるために、組まされた腕に力を込める。龍悟は空いた手で脇腹を撫でたり腰のラインに指を這わせたりと、敏感な場所ばかりを刺激して涼花を啼かせて喘がせた。

「は、ぁっ……あ、ゃぁ、ん」

「涼花……」

身体中に龍悟の舌と指が這い回り、そのくすぐったさと気持ち良さから甘い声がたくさ

ん漏れ出てしまう。時間をかけて丁寧に愛し尽くされ、ぐったりと疲れたように気が抜けるとまた深く口付けられた。

涼花は龍悟の肩に身体を預けてキスに応じていたが、ふと唇が離れると龍悟の瞳と目が合った。敏感になった身体は鋭い視線にすら感じてしまう。

「龍悟、さん……」

「……なんだ、急に可愛いな」

突然名前を呼ばれたことに驚いたのか、龍悟が目を見開いた。

「前に言われたんです。名前を呼んでほしいって……」

少し息が整った頃にぽつりと呟くと、龍悟がまた少し驚いた顔をした。だがすぐに表情をゆるめて、涼花の髪に指を絡め始める。一日中結んでいたせいで癖がついた髪を撫でる手つきに『愛おしい』と教えられている気分になる。

「でも私、恥ずかしいのと申し訳ないのとで、呼べなかったので」

あのときは龍悟の名前を呼べなかった。一度名前を呼んでしまえば仕事中も思い出してしまいそうだし、全てを委ねて龍悟の腕の中に飛び込む勇気も持てなかった。

だが今なら言える。仕事用の呼び方ではなく、二人の間だけで交わされた呼び名に甘えることが出来る。

「さっき、ちゃんと全部教えるって約束したので……あの、違いましたか？」

「合ってるよ」

おずおずと確認すると龍悟が笑って胸の間に口付けてきた。それからまた唇に小さくキスされる。

口付けを楽しみながらも、指先は涼花の股の間に滑り込む。すでに濡れていた秘部に触れられて涼花の腰がびくんと跳ねても、龍悟の指は後を追ってまた同じ箇所を撫でる。

「ん……っふ、ぁ……っ」

すでに濡れていたらしい秘孔の縁は、何度か擦り撫でられると龍悟の指先を簡単に飲み込んだ。

涼花が龍悟の頰に唇を寄せると、今まで自分から積極的に触れ合うことはなかったからか、それだけで彼は嬉しそうな顔をする。その顔をもう少し見てみたくて、今度は額にキスをする。身長差があるので、こんな体勢でもなければ絶対に届かない位置だ。

「涼花はずるいな」

ふと龍悟が涼花を責める言葉を紡いだ。だが言葉とは裏腹に口元は嬉しそうにゆるんでいる。

「どうして俺を煽ることばかりするんだ」

「え、なに……ふぁっ……!?」

なんのことかと訊ねようとした言葉は、突然摑まれた腰をそのまま下に引っ張られたせいで、喉から抜けて消えてしまった。ずっと膝立ちをして疲れていた足腰は簡単に脱力し、龍悟の脚の付け根の上にぺたんと座り込んでしまう。

涼花の位置が下がったことで、今度は龍悟の方が少し高い目線になる。見つめ合ってまた唇を重ねると、くつろげられたスラックスの中で膨張していた龍悟の雄が。わずかに蠢いた。

腰を摑んでいた指先に力が入り、少し前にずらされる。涼花の恥丘と龍悟自身が触れて擦れる。小さな刺激でさえ、跨《またが》っていて拡げられた涼花の蜜孔を甘く収縮させた。

「私も、困っています」

「ん？」

「龍悟さんに触られると……気持ちよくて」

あまり大きな声で言うのも恥ずかしいので、耳元に唇を寄せて声を潜めたつもりだった。しかし涼花の言葉を聞いた龍悟は、一瞬息を詰まらせたあと、すぐに瞳の奥に獰猛な光を宿した。

「――もう無理だ」

「え、あっ……ぁああんっ」

涼花がその意味を確認する前に、一瞬浮いた腰をすぐに引き下ろされた。しかし今度は先ほどと異なり、十分に濡れた蜜壺に反り立つ熱の塊が突き立てられていた。予告なく一気に貫かれて仰け反った涼花の腰を摑んだまま、龍悟が激しく腰を打ち付ける。

「あっ、ああッ……あぅ、ん……んんっ」

何度も突き上げられながら唇を重ねられると、思考と一緒に全ての感覚を乱される。奪われて、支配されていく。気持ちいい以外の感覚がわからなくなって、ただ龍悟に縋りつく。

「ふ、ぁ、あっ……ああ、あぁぁっ！」

何度か最奥を突かれると涼花の身体は恍惚に震えた。甘い喘ぎ声を零しながら全身を震わせて達すると、龍悟にも涼花の絶頂が分かったようだ。

「あ、っは、はぁ……っ」

一度動きを止めて唇を離すと、涼花は肩で息をしながらふるふると身体を震わせて快楽の余韻と戦った。その姿さえ龍悟の本能を刺激してしまうようで、まだ大きく猛ったままの雄竿はさらに質量を増した。

「涼花。休む前に、ちゃんと俺も達かせてくれ」

龍悟は涼花の身体を自分の胸の中に抱き込み、そのまま真横に押し倒した。ベッドの上に力なく転がった涼花の脚を開くと、抜けた雄竿をもう一度宛がう。

「あっ、まって……まだ……っ」

制止の声を聞き入れず、龍悟は快感に震える蜜壺に再び腰を落とした。

「ふあぁぁッ……！」

一度奥まで貫くと、そこからは掘削するように中をごりごりと抉られる。内壁に雄竿が擦れる度に、結合部のわずかな隙間から濡れた愛液が噴出する。ぬちゅ、ぐちゅんっといやらしい音とともに溢れた蜜が、龍悟の太腿を伝ってシーツに染みを作っていく。まるで失禁したかのような濡れ具合に、溺れるほどの快感を覚えた。

「やぁッ……っあ、ぁん……りゅ、ご、さ……あぁっ」

龍悟の額と首筋には汗が伝っているが、表情は辛そうではなかった。むしろ瞳の奥にはいつもより鋭い光が宿り、全身からは雄々しい色香が放たれているように感じる。

さらに涼花を追い立てようと、龍悟は下腹部に手を添えて濡れた花芽を親指で擦りつけてきた。敏感に熟れていたそこは、太い指先でぐりぐりと刺激されるといとも簡単に二度目の絶頂を極める。

「ひぁ、あぁっ……あ、あぁぁッ……」

「っ——涼花……！」

きゅう、と締まった一番深いところが、滾《たぎ》った先端から精を吸い上げようと蠢く。その締め付けに誘われるように、彼の陰茎もドクドクと強く脈動する。

龍悟が中へ放つ精は薄い膜が防いでくれる。だが愛おしそうに名前を呼ばれて唇を深く奪われると、涼花は全身で彼の熱を受け止めたように錯覚した。

＊　＊　＊

「最近」

シャワーを済ませてベッドに戻った涼花の身体をゆるく抱きしめながら、龍悟がぽつりと呟いた。

「お前も、少しは俺のことを気にしてくれてるんじゃないかと思い始めてたんだ」

小さな告白を聞くと、涼花の眠気が少しだけ覚醒する。顔を上げると龍悟も涼花の顔をじっと覗き込んでいた。

「本気で嫌がっているようには見えなかったし、考えてみたら忘れてほしいとは言われたが、嫌だとも迷惑だとも言われなかったからな」

龍悟の考察に、涼花はなるほどと納得した。

涼花は自分の気持ちに嘘をつくことは出来たが、龍悟自身を拒否することは出来なかった。距離をおこうと思っていたが、自分が逃げるばかりで龍悟に自ら離れてもらうための台詞を言ったことはなかった。

「人の気持ちを読むのは割と得意だと思っていたんだが……」

「得意だと知っているからこそ、必死だったんです」

必死、だった。プライベートでどんなことが起きようと、仕事には影響を与えたくなかった。なにしろ社長である龍悟の下には多くの社員が連なっている。秘書が失態を犯せば責任を取るのは上司で、迷惑を被るのは社員全員だ。それだけは絶対にあってはならないし、龍悟の足枷《あしかせ》にだけはなりたくなかった。だから逃げたいほど苦しくても、始業の時間から終業の時間までは必死に仕事の頭に切り替えて接した。

龍悟自身は時間や場所で明確に境界を作らなくても、仕事とプライベートをきっちりと分けられる人だ。だから業務時間内に生じるわずかな時間やちょっとした移動のタイミングで、涼花に小さな悪戯やアプローチを繰り返してくる。そんな戯れをしていても次の瞬間にはちゃんと仕事の顔に戻れる。

涼花にはその切り替えが上手く出来ない。だから始業から終業まではとにかく必死で仕事のことだけを考え、視線が合っても動揺しないよう努めた。

「全く目が合わないなら分かるが、仕事のときは恐ろしく普段通りだからな。結局、判断がつかなかった」

ため息をついた龍悟の顔をじっと見上げて「ごめんなさい」と呟く。謝罪を聞いた龍悟は笑いながら涼花の前髪を掻きあげ、額にキスを落とした。

「お前は、俺のことをよく知ってるな」

「……ずっと見てきましたから」

ぽつりと呟くと、龍悟の目がわずかに細められ、今度は頬に口付けられた。

「あの……唇にキスするのは……だめでしょうか」

先ほどから龍悟が口付けるのは頬や額ばかりだ。けれどこんなに優しい気分で過ごせる時間は、あと少し。もう夜も遅いし、朝起きたら今度は今日のことを忘れて困惑している龍悟に、ちゃんと説明をしなければいけない。

だから今夜最後のつもりで訊ねたら、盛大なため息を吐かれた。

「あのなぁ……俺は修行僧じゃないんだ。恋人にねだられて我慢できるほど、出来た人間じゃないからな」

そう言って涼花の手首を掴んだ龍悟は、自分の股の間にその手を引きずり込んだ。ルームパンツ越しに大きくて硬い感触が伝わり、思わず手を引っ込める。

龍悟の顔を見ると、彼はまた可笑しそうに笑っていた。

「私……恋人、なんですか？」

「なんだ。自分のことを覚えていられない男は、恋人にもなれないか？」

「いえ、そうではなく……」

寂しそうに呟いた龍悟に誤解されないよう、慌てて首を振る。

「いいのですか？　私なんかが恋人で……」

想いは通じ合ったし、そう言ってくれるのは嬉しい。だがやはり根本的な解決はしていない。それに今日はたくさんキスをしてしまった。キスと記憶の時間や量が比例するのかはわからないが、明日になったら今日一日の出来事を丸々忘れている可能性だってある。もしそうだとしたら、二人の関係どころか仕事にまで影響が出かねないのに。

「お前、まだわかってないらしいな」

涼花はそう考えたが、呆れた顔をした龍悟が涼花の頬をむにっと摘まむ。

「好きだ、涼花。――恋人になるのに、他の理由なんて要らないだろ？」

耳元で低く優しく囁かれる。甘い刺激に思わず首が引っ込むと、半身を起こした龍悟に上から覆い被されて唇を重ねられた。そのまま角度を変えて、何度も深いキスが繰り返される。

「私も好きです……龍悟さん」

離れた瞬間に早口で告げるだけで、恥ずかしくなってしまう。龍悟は耳元で「知ってる」と呟くと、涼花の照れごと愛おしむように肌の上に指先を滑らせた。

＊＊＊

翌朝。スマートフォンのアラームが聞こえたので、涼花はそっと目を覚ました。

いつもと同じアラームなのに、聞こえる方向が微妙に違う。顔を上げると隣で龍悟が眠っていたので、驚いた。一気に覚醒して周囲を見回すと、すぐにここが龍悟の家の寝室であると気付く。

シャワーを浴びた後でリビングから持ってきておいたスマートフォンは、ベッドキャビネットの上に乗せられていた。手を伸ばしてアラームを止めていると、隣で龍悟がもぞもぞと動き出した。

「おはよう、ございます……」

涼花がおそるおそる訊ねると、龍悟は少し寝ぼけた様子で「あぁ」と低く呟く。続いて大きな欠伸を一つ零すと、視線だけで涼花の顔を見つめてきた。

「社長、あの……」

「……涼花。呼び方、戻ってる」

涼花は昨日の経緯を話さなければと覚悟を決めたが、その言葉は龍悟に遮られた。

「全部覚えてるぞ」

ベッドの中で姿勢を変えた龍悟は、枕に頬杖をついて涼花の顔をじっと眺めてきた。

思考と動作がゆっくりと停止する。

楽しげな笑みを浮かべる龍悟は、涼花が説明する前に「覚えている」と言った。しかもその前に涼花の名前を呼び、「呼び方が戻っている」と社長と呼んだことを指摘した。

「ほんと……に？」

信じられない気持ちで呟く。まだ夢の続きなのかもしれないと思う。

なぜなら昨夜はたくさん抱き合って、たくさんキスをした。優しい言葉を囁かれ、甘い声で名前を呼ばれて、ただひたすらに幸福な時間を過ごした。その全てを、龍悟は忘れていないと言う。

「俺が嘘をつくと思うのか？」

この時点で龍悟の言葉が本当だと頭の中では理解していたが、にわかには信じられない。固まった涼花に小さな苦笑を零すと、龍悟は楽しそうになにかを数え始めた。

「オレンジの次はラベンダーで……昨日は、ピンクだっただろう」

龍悟が頬杖をついたまま笑う。なんの話か分からずに首を傾げると、背中に手を回した龍悟がベッドの下に落ちたなにかを指先の感覚だけで探り始めた。そして目的のものを引き上げると、拾ったものを口元に擦り寄せる。

「ほら、当たってる」

龍悟が唇を寄せたのは、涼花が昨日身に着けていた下着だった。龍悟は目視で確認する前に当たりだと宣言したが、視線を下げると本当に彼の言う通りだった。

龍悟が見せつけるように口付けるのは、確かに薄い桃色の生地にピンクや赤の小花が周囲を縁取った、可愛らしい色をした涼花の下着だった。

楽しそうに上目遣いで涼花を見つめる龍悟に、思わず叫んでしまう。

「社長……！　それは！　忘れて下さい！」

「だから、呼び方戻ってるって言ってるだろ」

涼花はこのとき初めて『龍悟の記憶が全て消えて無くなればいい』と本気で思ったが、その後も龍悟が涼花の下着の色を忘れることはなかった。

エピローグ

涼花は指定された待ち合わせ場所でスマートフォンのメッセージ画面を見つめていた。

ずっと相談に乗ってくれていたエリカに事の次第を報告すると、『本当に良かった！いつものバルでお祝いパーティーをしようね！』と喜んでくれた。そんな親友の祝福に、涼花も嬉しい気持ちで満たされた。

「こんにちは。あなたが涼花ね？」

声をかけられてスマートフォンの画面からふとその人物へ視線を移した瞬間、涼花は驚きのあまり後ろにひっくり返りそうになった。旭は涼花の秘めた想いを知って驚いたらしいが、今の涼花はその百倍は驚いている自信がある。一瞬、エリカとの楽しい予定さえ吹き飛びそうにだった。

「はっ、はじめまして……！　あ、えっと、秋野涼花……です」

ぎこちない返事をなんとか絞り出す。

驚きを隠せない涼花の様子を見て、女性がくすくすと笑い出した。

「ミーナよ、よろしくね。見た目は全然だけど、年齢の半分は日本で過ごしているから中身はほぼ日本人よ」

　流暢《りゅうちょう》な日本語でそう言った女性の肌は陶器のように白く、ゆるくウェーブのかかった金色のショートボブに、緑と青の中間色の瞳が煌めいている。動きやすそうなストレッチパンツに高めのヒールを合わせてサマーニットを羽織った彼女は、にこにこと笑いながら涼花を近くのカフェへ誘ってくれた。

（藤川さん！　彼女が外国の方なんて、聞いてないです……！）

　涼花は焦ったが、ミーナは涼花のような反応に慣れているらしい。

「その様子だと旭からなにも聞いてないのね」

「ええと……申し訳ありません」

「涼花が謝ることじゃないわ。旭のことは後でちゃんと叱っとくから」

　ランチを摂りながら軽い自己紹介を済ませると、ミーナが苦笑いを交えながら涼花に謝罪をしてきた。

「ごめんね。勝手に色々聞いちゃって」

「いえ、こちらこそ。人に聞かせるような話ではないのに、相談に乗って下さって……本当にありがとうございます」

　旭に自分の体質と今までの経緯を打ち明けたとき、彼は誰にも言わないと約束してくれた。涼花は先輩の言葉を信じたが、後日旭から『自分の彼女に会ってみないか』と提案を受けた。もしこの話を受けるなら事前に彼女に事情を話すことになるけど、嫌なら言わないし断っても全く構わないと言ってくれた。

涼花は迷うことなく旭の提案を受けた。旭の恋人がどんな人かはわからなかったが、彼が信頼できる人なら、涼花にとっても信頼に足る人だと疑わなかった。

なにより涼花は、専門的な知識を持った人に自分の体質についての見解を聞いてみたかった。その相手が女性なら、知らない男性の医師に事情を話すよりも安心感がある。

「確かに私の専門ではないけど、すごく興味深いわね」

涼花の体験を聞いたミーナが、テーブルに肘をつき顔の前で結んだ手に顎を乗せて頷く。そして関心深く涼花の顔を見つめると、にっこりと笑顔を作って女性らしい意見を述べた。

「涼花はキスが好きなのね」

「え、えぇえ、え……」

「ふふふ、可愛いわね～」

核心を突くような言葉をかけられた瞬間に龍悟とのキスを思い出したので、慌てて否定しようとした。だがミーナが慈しみの眼差しを向けて『私も好きだから、恥ずかしがらなくても大丈夫よ』と言うので、羞恥を感じつつ否定の言葉は引っ込めた。

「涼花にとってキスがすごく大事なアクションなんだと思うの。きっとキスをすると、幸せホルモンが分泌されるのね」

ミーナは涼花の照れを包み込んで、涼花が委縮しない言葉を選択してくれた。

彼女の説明によると、ホルモンは脳から自分の体内に向けて放出される分泌物で、基本的には自分自身にのみ作用するものらしい。対してフェロモンは一般的には汗腺から分泌される刺激物質で、自分以外に作用することが多いという。ただし涼花の身に起きている現象が本当にフェロモンによるものなのかは、ミーナにも分からないらしい。

「涼花自身の記憶力が良いことも関係していると思う。脳が混乱した状態で性への活性ホルモンが分泌されると『幸福』『快感』『不安』『恐怖』『記憶』――色んな因子が混ざり合ったフェロモンが分泌されて、それが相手の記憶にも特異的な影響を与えていると推察できるわ」

ミーナの言葉は少し難しいが、要約すると『記憶が無くなってしまう原因は涼花の体質にある』と思って間違いないのだろう。自分のことを忘れてしまうなんて、と相手を責めてきた過去を恥ずかしいと思ったが、涼花の考えはミーナがすぐに否定してくれた。

「あの……病院に行けば、治るのでしょうか？」

「断言はできないけど、たぶん治るとか治らないというものではないわね。薬を飲んでハイ終わりってことにもならないと思うわ」

涼花にとっては悲しい情報だが、やはり簡単に治るものではない、というのがミーナの見解だ。フェロモンについては、医学や心理学だけはなく、動物学や微生物学といった分野にまで広く研究が及ぶという。研究に協力してくれるなら引く手は数多だというが、涼花は実験対象として研究所に送られるつもりはない。必死に首を振って怖すぎる提案を拒否すると、ミーナは笑いながら「それでいい」と頷いた。

「今はコントロール出来ているんでしょう？」

「そうですね、一応は」

「それなら、あんまり気にしない方がいいと思うわよ。人には色んな悩みがあるもの。でも全部の悩みに効く万能薬なんて、あるはずないんだから」

結局、あれからいくら時間が経っても、本に書いてあることを試しても、パーティーの夜に失った龍悟の記憶が戻ることはなかった。だが龍悟はあまり気にしていないらしく、それよりも涼花に美味しいものを食べさせて笑顔を引き出すことに執着しているようだった。

それに龍悟は、その後は一度も記憶を失っていない。最初のうちは目が覚めるたびに記憶の有無を確認していたが、だんだん龍悟の方から前夜の行為の一つ一つを事細かに説明してくるようになったので、あまりの恥ずかしさに涼花も朝の確認はしなくなった。

ミーナが言うように、キスをして快感物質が放出されても涼花が自分の感情に折り合いをつけてコントロールできているならば問題はない、と捉えるべきなのかもしれない。

「もし今後同じことが頻発するようになったら気軽に連絡して。涼花のこと、応援してるから」

「ありがとう、ミーナさん」

「ミーナでいいわよ。さん、なんて要らないわ」

連絡先を交換すると、涼花はミーナと一緒にグラン・ルーナ社へと向かった。ミーナも旭と会社の近くで待ち合わせをしているらしい。涼花は彼女と会うために代休を使わせてもらったが、龍悟と旭は今日もいつも通りに仕事をしている。

終業時刻を迎える頃合いを見計らって会社の近くへ来ると、涼花のスマートフォンに龍悟から連絡が入った。

『社長室まで来れるか？　旭の彼女も連れてきてくれ』

用件のみ書かれたメッセージを確認すると、すぐに了承の返事を送る。

会社のエントランスに入ると、受付担当の女性社員もすでに退社しており、カウンターの上には『本日の受付は終了いたしました』と記したプレートが置かれていた。本来ならば来客名簿にミーナの名前を書かなければいけないが、社長直々の許可もあり仕事でもないので、そのまま素通りする。

最上階に到着すると、指定された通り執務室ではなく社長室の扉をノックした。中から返事が聞こえたので、扉を開けてミーナを先に通す。

「はっ？」

社長室に入ったミーナの顔を見た瞬間、龍悟が驚きの声を上げた。その反応に、涼花は「自分もさっきこんな顔をしていたんだろうな」と頭の片隅で小さく反省した。

「はじめまして。藤川の上司の一ノ宮龍悟です」

「こんにちは、ミーナです」

挨拶をする二人を眺めていると、隣に近付いてきた旭が涼花の腕をそっと小突いた。

「涼花、あれ見て」

「え……？」

旭に言われて、示された方向に視線を向ける。社長室の壁に収められたモニターは珍しく地上デジタル放送に接続されており、夕方のニュース番組が流れていた。

その画面の下に表示されていたテロップと映像に映った人物を見て、涼花は思わず驚きの声を上げた。

「杉原社長が……逮捕⁉」

テロップには『大手ホテルオーナー強制わいせつ罪の疑いで逮捕』と記されている。フラッシュがばしばしと瞬く中、俯いたまま捜査官に連れられて車に乗せられているのは、間違いなくあの杉原だった。赤い枠に白字で『速報』と書かれているところを見ると、おそらく映像が撮影されたのはここ数時間のことなのだろう。

驚きで言葉を失った涼花だったが、疑問には思わなかった。むしろいつかこうなる日が来るかもしれないと思っていたことが、現実になっただけのように思う。

「誰？　知り合い？」

「うん。取引先の社長さん」

一人だけ状況を理解していないミーナに旭がさらっと返答すると、ミーナも「ふーん」と気のない返事をした。後で旭から説明を受けて、彼女もきっと驚くのだろう。

未だニュースキャスターの話す言葉と映像に釘《くぎ》付けになっている涼花の隣で、旭が龍悟の横顔を見つめて笑みを深めた。

「次は製薬会社ですか、社長？」

応接ソファに寄りかかりながら旭が意味ありげに笑う。その表情をちらりと見ても、龍悟は澄ました笑顔で受け流すだけだ。

「さあ？　なんの話だ？」

この件に関して龍悟がなんらかの手を回したことは明らかだった。成果を得るまでに期間を要してしまったが、龍悟は完璧に情報を収集し、緻密な計画を立て、幾重にもシミュレーションを繰り返し、確実に実行に移す戦略を好む。もちろん汚い手を使ったわけではないだろう。正攻法で詰めても十分なほど、相手があまりに浅慮で軽薄だっただけだ。

「ところで旭。私、あなたに話があるんだけど？」

「え、なに、機嫌悪い？　もしかして俺コレ、怒られる感じ？」

テレビの画面を見ていたミーナが、ふと思い出したように旭に声を掛けた。涼花はすぐにミーナの怒りの原因に気付いたが、犬も食わない痴話喧嘩《げんか》には介入しないに限る。怒ったように頬を膨らませたミーナと困ったように機嫌を取り始めた旭のやり取りは、見ているだけで面白かった。

「……仲良いな」

「……ですね」

龍悟も似たような感想を持ったらしく、ぼそっと呟いたので涼花もそっと同意した。

「涼花」

二人を見つめる涼花の傍に近寄ると、龍悟がそっと涼花の名前を呼んだ。旭もミーナも聞いてはいなかったが、涼花は龍悟を窘めるように声量を落とした。

「社長、ここ会社ですよ」

「もう仕事は終わった。それより今夜はなにが食いたい？　なんでもいいぞ？」

「……たまには社長が食べたいものにしましょう」

「俺はいーんだよ。夜にもっと美味いものが食えるから」

「ちょ……なにをおっしゃってるんですか、もう！」

不敵な笑みを浮かべた龍悟の台詞を聞いて、意味を察した涼花が反射的に叫んだ。だが龍悟は涼花の文句を聞いても楽しそうに笑うだけだ。

「じゃあ、カレーが食べたいです。野菜とお肉がたくさん入ったカレー。楽しみにしていますね、龍悟さん」

観念した涼花が頬を膨らませながら提案する。それを見た龍悟はとろけるような笑顔を向けて、涼花の額に小さなキスを落とした。

――Fin＊

あとがき

はじめまして、こんにちは。紺乃藍《こんのあい》と申します。

このたびは「社長、それは忘れて下さい　生真面目秘書は秘密を抱く」をお手に取っていただき、本当にありがとうございます。

本作は現代を舞台にしたお話ですが、『記憶』がキーワードとなって展開していく現代ファンタジー的な要素も含んでいます。少し特殊な設定ではありますが、社長×秘書というエロティックな関係と秘密の恋のストーリーを楽しんで頂けると嬉しく思います！

さて実はこのお話、刊行からちょうど二年前に私が初めて書いた恋愛小説になります。

当時、主人の長期出張にくっついて知らない土地で新生活をはじめたものの、某感染症の影響でおでかけは出来ない……アルバイトも見つからない……知らない土地で知り合いもいない……本当にやることがない！　と困り果てていたところ、本屋さんでたまたまティーンズラブ小説を見つけまして。それを夢中で一気読みして「これはいい！　私も書きたい！」と思い、勢いのまま書き始めたのがきっかけです。

そのお話が今回コンテストで賞を頂き、書籍として刊行して頂けることになりました。人生何が起こるかわからないものですね～。

そんな経緯でコンテストで受賞させて頂きましたが、実は結果発表ページを見て最初に思ったことは『えっ？　愛染マナ先生にイラストを描いて頂ける……？』でした。

だってもう、表紙も挿絵も私の想像以上にすべてが美しい！　涼花が可愛い！　社長、イケメン！　ひたすら歓喜です。

イラストを担当して下さった愛染マナ先生には本当に感謝してもしきれません。ありがとうございます！　担当さまから諸々見せて頂くたびにスマホを握ってリビングでうつ伏せになったまま悶絶です……！

という感じでゴロゴロ転がり回ってばかりの私を刊行まで導いて下さった編集担当さまや編集部の皆さま、いつも見守ってくれる家族や作家友達の皆さま、そしてお話を読んでくださる読者の皆さまの支えがあってこそ、こうして無事に刊行することが出来ました。

これからも皆さまに幸せとときめきを感じて頂けるような物語を書いていきたいと思います。このたびは本作をお読みいただき、本当にありがとうございました！

紺乃　藍

★著者・イラストレーターへのファンレターやプレゼントにつきまして★
著者・イラストレーターへのファンレターやプレゼントは、下記の住所にお送りください。いただいたお手紙やプレゼントは、できるだけ早く著作者にお送りしておりますが、状況によって時間が掛かる場合があります。生ものや賞味期限の短い食べ物をご送付いただきますと著者様にお届けできない場合がございますので、何卒ご理解ください。

送り先
〒160-0004 東京都新宿区四谷3-14-1 UUR四谷三丁目ビル2階
(株) パブリッシングリンク
蜜夢文庫 編集部
○○(著者・イラストレーターのお名前)様

社長、それは忘れてください
生真面目秘書は秘密を抱く

２０２２年５月３０日 初版第一刷発行

著……紺乃藍
画……愛染マナ
編集……株式会社パブリッシングリンク
ブックデザイン……おおの蚕
（ムシカゴグラフィクス）
本文ＤＴＰ……ＩＤＲ

発行人……後藤明信
発行……株式会社竹書房
〒102-0075 東京都千代田区三番町８－１
三番町東急ビル６Ｆ
email：info@takeshobo.co.jp
http://www.takeshobo.co.jp
印刷・製本……中央精版印刷株式会社